面纱

The Painted Veil

W. Somerset Maugham

［英］W. 萨默塞特·毛姆————著

阮景林————译

重庆出版社

图书在版编目（CIP）数据

面纱/（英）W.萨默塞特·毛姆著；阮景林译.—重庆：
重庆出版社，2020.5
ISBN 978-7-229-14460-9

Ⅰ.①面… Ⅱ.①W…②阮… Ⅲ.①长篇小说—英国—现代
Ⅳ.①I561.45

中国版本图书馆CIP数据核字（2019）第206770号

面纱

［英］W. 萨默塞特·毛姆　著
阮景林　译

策　　划： 华章同人
出版监制： 徐宪江
责任编辑： 秦　琥　唐晨雨
责任印制： 杨　宁
营销编辑： 王　良　史青苗
封面设计： 人马艺术设计·储平

重庆出版社 出版
（重庆市南岸区南滨路162号1幢）
三河市嘉科万达彩色印刷有限公司　印刷
重庆出版社有限责任公司　发行
邮购电话：010-85869375
全国新华书店经销

开本：850mm×1168mm　1/32　印张：8.25　字数：185千
2020年5月第1版　2025年7月第9次印刷
定价：38.00元

如有印装质量问题，请致电023-61520678

版权所有，侵权必究

活着的人将这华丽的面纱称为生活……

"电影文学馆"总序

戴锦华

  21世纪伊始,中国电影工业逆市起飞,影院再度重返当代中国人的日常生活,成了众多选择中人们间或为之的娱乐消费。
  如果说,21世纪第一个十年过去之时,社会已在网络上碎裂为难于计数的趣缘社群,文化工业也闪烁在分众和"饭圈"文化旋生旋灭的涡旋之中,那么,的确丧失了其"国民剧场"特征的电影却仍充当着洞向可见的与不可见之世界的窗口。与此同时,凭借网络,凭借数码技术,电影——百年间的电影艺术又确乎显影为某种不可替代的文化——迟到地加入了21世纪中国人的生活方式。电影,似乎丧失了或逃逸于影院、银幕,成为附体于种种屏幕、闪灵于各式黑镜之上的、美丽的出窍游魂。电影萦回于或逸出了幽暗迷人的影院空间——尽管电影是、始终是并将继续是影院艺术,跻身于或脱离了放映厅、资料馆等等"洞穴"空间,弥散在社会的,亦是个人的世界之内。一如昔日,电影是某种时尚、消费、娱乐，可以是某些优雅的文化、思想和表达，也可以是一类社会的行动和介入。如果说，影院原本是20世纪个人主义者的集体空间，是"孤独的人群"得以会聚、相遇的场域，那么，经由录像带、VCD、DVD、闪存、移动硬盘到云存储，电影也被撕裂/"还原"为个人的私藏。尽管我们个人"拥有"、拥抱电影之时，也许正是电影工业的衰微之际，但我不得不说，当"电影"溢出了胶片和影院——电影的血肉之躯，也是媒介——的囚牢的同时，它也丧失了，或曰解开了它历史的特权封印。进影院，仍是"看电影"唯一正确的打开方式，但我们的确同时有多种方式触摸电影。

　　电影史大致与20世纪的历史相仿佛。它不仅是对炽烈而短暂的20世纪的目击和记录，而且本身便是20世纪历史的一部分，富丽、炫目，间或酷烈沉重。它原本是工业革命和技术奇迹的一个小小的发明，与生俱来地遍体钢铁、机油与铜臭的味道。曾经，它不过是现代世界"唯物主义的半神"的私生子，一个机械记录、机械复制的迷人的怪物。为电影的创造者们始料不及的是，电影不仅迅速地介入了历史，建构着历史，而且改写和填充着人类的记忆。从杂耍场的余兴节目起，电影不仅复活了可见的人类（贝拉·巴拉兹），不仅以"闪闪发光的生活之轮"拯救了物质世界（克拉考尔），不仅满足了人类古老的、尝试超越死亡和腐朽的"木乃伊情结"（安德烈·巴赞），而且以"作者电影"开启了一个电影大师的时代，一个电影自如地处理人类全部高深玄妙谜题的时代。一如"短暂的20世纪"浓缩了人类文明史的主要场景，实践并碎裂着人类曾拥有的乌托邦梦想，留给我们沉重的债务与珍稀的遗产，电影在其短短百年之间成长为人类最迷人的艺术种类之一，拥有了自己的历史，自己的语言，自己的经典，自己的大师，自己的学科，尽管覆盖着无尽富丽的夕阳的色彩。

有趣的是，在"上帝/人/作者死亡"的断然宣告声中，电影推举出自己作者/大师的时代；在现代主义艺术撕裂了文艺复兴的空间结构之后，电影摄放机械重构了中心透视的文艺复兴空间。电影的历史，由此成为一个在20世纪不断焚毁、耗尽中的历史中的建构性力量，同时以电影理论——这一一度锋芒毕露、摧枯拉朽的年轻领域——作为其伴生的解构实践。电影，从品味/身份的反面，成了品味/身份的重要组成部分，进而成了反身拆解品味、质询身份的切入点。摄影机暗箱成了社会"意识形态腹语术"的最佳演练场和象征物，电影解读则成了意识形态的祛魅式。因此，电影不仅一如从前，是一处今日世界现实的镜城，也是我们再度叩访20世纪历史的通关密语。

在中国，电影尽管自西方舶来，其悠长历史，却不仅大致与世界电影史相始终，而且几乎正是一部帝国、殖民、抵抗、创造之历史的镜像版。今天，电影不仅是中国崛起的佐证，也是期待视野间未来文化的语料。当然，又是一则关于文化自觉的寓言：舶来的，也是本土的；凝视的，也是被看的；梦想，某种醒着的梦。我们凝视着电影，也为电影所凝视；我们深入电影世界的腹地，处处志之，不只为了捕获电影的本体，也试图经由电影捕获文化或自我的本体。

电影，是我们的过去，电影叙事成就了某种奇特的人类思维与情感的回溯结构——缝合体系；然而，电影，自诞生之日起，就是一个指向未来的地标。我们凝视电影，不仅为了拓出一个关于电影、电影艺术、电影工业、电影史、电影作者、电影理论的对话场域，更是为了获取一份自信于未来的动能。"电影文学馆"丛书以著名影片的原著小说为主体，再次回归"从小说到电影"的经典命题，再次标识文学与电影间亲缘关系与媒介区隔，犹如"交叉小径的花园"里溪水勾画出的界标。往返于文学与电影的远方和近端，是为了再度审视和思考我们的世界、时代和生命。在熙攘而变得逼仄的世界与富足而封闭的"宅"之间，在影院"洞穴"与黑镜的闪烁之间，电影与文学仍是我们望向世界的窗口，是我们破镜而出的可能。

序　言

W. 萨默塞特·毛姆

这部小说的写作得益于但丁诗句的启示，原诗如下：

Deh, quando tu sarai tornato al mondo,
　　E riposato della lunga via.
Seguitò 'l terzo spirito al secondo,
　　Ricorditi di me che son la Pia:
Siena mi fé, disfecemi Maremma;
　　Salsi colui che ' nnanellata pria,
Disposando m ' avea con la sua gemma.

"喂，等到你返回人世，
　　解除了长途跋涉的疲劳，"
第三个精灵紧接着第二个之后说道，
　　"请记住我，我就是那个皮娅，

> 锡耶纳养育了我，而马雷马却把我毁掉，
> 那个以前曾取出他的宝石戒指并给我戴上的人，
> 对此应当知晓。"[1]

我曾于圣托马斯医院学医，适逢复活节，我得到了六个礼拜的假期。在将衣物塞入旅行提包后，我怀揣二十英镑便动身了。我那时二十岁。最初的落脚地是热那亚和比萨，随后到了佛罗伦萨。我在佛罗伦萨的维亚劳拉寻到了栖身之处。那是一位寡妇与其女儿共住的公寓，从窗户可以望见大教堂雄伟的拱顶。一番讨价还价之后，租金最终以每天四个里拉成交，这是食宿全包的价格。我怀疑这位寡妇的盈余不会太多，因我是从不偏食之人，且食欲惊人，无论她准备多少通心面，都会在我一番狼吞虎咽之后很快告罄。她在托斯卡纳山上经营了一处葡萄园，这所园子的葡萄酿出的基安蒂酒是我在意大利喝过的最好的。寡妇的女儿每天给我上意大利语课。我记得那时她已是一位成熟年纪的姑娘，不过应该不会超过二十六岁。她有着不幸的过去。她的军官未婚夫在阿比西尼亚牺牲了，从那以后，她便决定终身不嫁。不难想象，等厄丝莉亚（她的名字）的母亲也过世之后（这是位体态丰满、头发灰白、善良快活的老太太，相信仁慈的上帝不到合适的时候是不会贸然召她去天堂的），她必然会走一条入教苦修的路。不过她对此看得很开。她是个常常开怀大笑的姑娘，吃午饭和晚饭时我们两个经常互相逗笑取乐。但她教起课来却从来都是一本正经，一旦发现我犯了愚蠢的错误或是马虎大意，便会抄起

---

[1] 据黄文捷《神曲》译本。

戒尺朝我的指节上拍打几下。我把她和我所读之书中因循守旧的迂腐教师联系到一块儿,并莞尔一笑,否则我必定会因被当成孩子对待而愤愤不平。

我每天都非常辛劳。天一亮就开始翻译易卜生的戏剧,这有助于我学习大师的技巧,同时我还要琢磨出对话写作的窍门。翻译完几页之后,我便拿着罗斯金的书,到佛罗伦萨城里四处游逛,遍访名胜古迹。罗斯金在书里对乔托设计的塔和吉贝尔蒂的铜门赞叹不已,我也人云亦云地对这二者表示了一番欣赏。我来到乌菲兹博物馆,对馆中陈列的波提切利的作品崇拜无比,之后还以年轻人的轻狂对大师所批驳过的艺术家嗤之以鼻。午饭之后是上意大利语课的时间,上完课我再次出门寻访教堂,有空便在亚诺河边漫步遐思。吃完晚饭,我按捺不住古城之夜的诱惑出门游逛,期待艳遇的降临。但这就是我的天真无邪之处,或者说害羞也罢,每次我回来时都和出去时一样是完璧之身。我的女房东给了我一把钥匙,每当听见我开门回来又把门锁好,她便会长舒一口气,因为她总是担心我会忘了锁门。此后我会继续研读教皇派和保皇党的争斗历史。我悲苦地意识到,浪漫主义时期的文学家们必然不会像我等这般落魄,虽然我怀疑他们谁也没法用二十英镑在意大利活上六个礼拜。不过这朴素、辛劳的生活还是让我自得其乐。

我已经读过《地狱》部分(虽然有译文可看,但我还是一丝不苟地把每个生词都查了一下),所以厄丝莉亚直接教我《炼狱》。当她讲习到开头我引述的段落时,她告诉我,皮娅是锡耶纳的一位贵妇,她的丈夫怀疑她红杏出墙,但慑于她家族的背景,不敢动手置她于死地,就把她投入了位于马雷马的城堡,以期让她在城堡里的有毒蒸汽中死去。但是她迟迟未能毙命,他最终忍无可忍把她从窗子里扔了出去。我揣摩不透厄丝莉亚从何得知的这么详细的故事,在但丁的原诗中细节远没有这么丰富。不过这个故事却激发了我的想象力。我翻来覆去地思考着它,有时一想就是两三天,这样持续了好多年。"锡耶纳养育了我,而马雷马却把我毁掉",这行诗牢牢地记在了我的脑子里,不过因为还有多部小说也在构思当中,这个故事一搁就是很长时间。显然我要把它写成一个现代故事,但是要在当今的世界上为它找到一个合适的背景实属不易。直到我远赴中国之后,这件事才最终有了转机。

我想这是我唯一一部由故事情节而不是人物形象为契机发展而成的小说。要将人物形象和故事情节截然分开是很难的。人物形象不能凭空捏造,一旦想出来一个人物,这个人物必然处于一定的环境,做着某些事情。在将人物形象构思完毕的同时,虽说相应的情节不一定必然成形,至少人物的行事原则是一并诞生的。在这篇小说的成书过程中,我是一边组织故事,一边寻找合适的角色。这些角色的原型都是我在不同地方认识的真实存在的人物。

这部书给我带来了一个作者时常会遭受的麻烦。起初我把男女主人公的姓氏起为雷恩。这是一个普普通通的姓氏,但是恰恰在香港有姓雷恩的人。他们起诉到了法庭,连载这部小说的杂志付了两百五十英镑才平息了这场官司。随后我把姓氏改成了费恩。这时香港助理布政司也冒了出来,认为其名誉受到了诽谤,威胁说要提起诉讼。我感到颇为惊讶,因为在英格兰,我们可以把首相、坎特伯雷的大主教或者上议院的大法官随意地搬上舞台或是写进小说,而这些尊贵的大人物从来不会龙颜大怒。没想到相比之下这么无足轻重的一位政府官员竟然会认为自己受到了影射。但是为了避免麻烦,我把香港改成了想象出来的殖民地"清延"[1]。此事发生时书业已出版,售出的书不得不召回。但是有相当数量的狡猾评论家以各种托词拒绝上交调换。那大约六十几本书因而获得了书志学上的价值,如今皆成为收藏家们以高价购入的收藏品。

---

[1] 本版中"清延"已恢复为"香港"。

1

她惊叫了一声。

"怎么啦?"他问道。

房间里的百叶窗关着,光线很暗,但还是能看清她脸上恐惧的表情。

"刚才有人动了一下门。"

"呃,八成是女佣人,要不就是哪个童仆。"

"这个时候他们绝不会来。他们都知道吃完午饭我要睡觉。"

"那还会是谁?"

"是瓦尔特。"她嘴唇颤抖着小声说道。

她用手指了指他的鞋。他便去穿鞋,但他的神经多少也有点紧张,因而显得笨手笨脚,而鞋带偏偏又是系着的。她不耐烦地叹了口气,递给他一只鞋拔子。她一声不响地披上袍子,光着脚走到梳妆台前。她留着一头短发,拿起梳子梳起头来。等她梳好了,他的第二只鞋才刚刚穿好。她把大衣递给他。

"我怎么走啊?"

"最好先等等。我到外面看看。没事你再出去。"

"不可能是瓦尔特。不到五点钟他不会离开实验室。"

"那还会是谁?"

现在他们几乎是在窃窃私语。她不停地颤抖着。他忽然觉得如果再有点事儿她就会疯了。他又怪起她来,现在的情形,哪儿像她说得那么安全?她屏住呼吸,拉住了他的胳膊。他按她施的眼色望去。面前是朝向走廊的窗户,都安着百叶窗,百叶窗是关好的。然而,窗子把手上的白色陶瓷旋钮却在慢慢地转动。他们没听见有人走过走廊。现在旋钮竟然不声不响地转了,简直把他们吓了一大跳。一分钟过去了,没有任何动静。接着,另一扇窗户的白色陶瓷旋钮也鬼使神差似的悄悄转了起来。凯蒂终于经受不住惊吓,张嘴就要尖叫。他赶紧捂住她的嘴,把叫声压了下去。

屋里寂静下来。她斜倚在他身上,膝盖不停地颤抖。他担心她马上就会昏过去。他皱了一下眉头,咬了咬牙,把她抱到床上。她的脸像床单一样白。他的脸虽然晒黑了,但这时也是白惨惨的。他站在她的身边,眼睛着魔似的盯着那个陶瓷旋钮。谁也没有说话。接着她还是哭了出来。

"看在老天的分上,别这样。"他着急地小声说道,"这事来了就来了吧。咱们得撑下去。"

她找寻她的手帕。他看出她的心思,把包递给了她。

"你的遮阳帽呢?"

"我忘在楼下了。"

"呃,天哪!"

"听我说,你振作一点。我敢保证这人不是瓦尔特。他凭什么这个点儿回来?中午他从没回过家,对不对?"

"对。"

"我敢打赌,赌什么都行,肯定是佣人。"

她露出了微笑。他的声音坚定亲切,让她感到宽慰。她拉过他的手,温柔地握着。他等着她恢复平静。

"看着我,我们不能老待在这儿不动。"接着他说道,"现在你觉得能到走廊上看看了吗?"

"我想我还站不起来。"

"你这儿有白兰地吗?"

她摇了摇头。他皱了一下眉,心里渐渐烦躁起来,他也不知该如何是好。她突然把他的手抓紧了。

"要是他还在那儿没走怎么办?"

他让自己又微笑起来,恢复了轻柔体贴、循循善诱的声调,这种声调的效果自然毋庸置疑。

"不会的。提起精神来,凯蒂。好好想一想,不会是你丈夫的。要是他进来了,看见大厅有顶没见过的帽子,上楼来又发现你的房间上了锁,肯定要大喊大叫的。这一定是佣人搞的。除了中国人,没人上来就那样拧把手。"

她果然平静多了。

"但即便是女佣人也不见得是好事。"

"那就不在话下了,实在不行我会拿上帝来吓吓她。政府官员权力不是很多,但终归也还能管点事儿。"

他一定是对的。她站起身来,朝他伸出胳膊。他把她搂在怀里,吻了吻她的嘴唇。她心醉情迷,心里几乎痛苦起来。她崇拜他。他放开了她,她走到窗户前,拉开窗闩,把百叶窗微微扒开,向外瞧了一眼。一个影子也没有。她悄悄地走到走廊上,向她丈夫的梳妆室里望,然后又瞅瞅自己的梳妆室,都是空的。她回到了卧室,向他挥了挥手。

"没人。"

"我就知道,这打开头就是没有的事。"

"别笑。我吓坏了。到我的起居室里坐一会儿。我先把长袜和鞋子穿上。"

2

他依着她说的做了。五分钟后她回来了。他正吸着一根烟。

"我说,能不能给我来点白兰地和苏打水?"

"嗯,我来打电话叫。"

"我说今天这事儿没真把你吓着吧。"

他们又都沉默了,等着童仆接电话。电话接通后她点了他想要的。

"你给实验室打电话,问问瓦尔特是不是在那儿,"过了一会儿她说道,"他们听不出你是谁。"

他拿起听筒,向她要了号码。他问费恩医生能不能接电话。稍后他放下了听筒。

"他午饭后就不在了。"他告诉她,"等会儿问问那童仆,瓦尔特是不是到这儿来过。"

"我不敢。要是他来过了,我偏偏没见着他,是不是太可笑了。"

童仆端着饮料来了,唐生自顾喝了起来。然后他问她要不要也喝点,她摇了摇头。

"要真是瓦尔特该怎么办?"她问道。

"也可能他根本不在乎。"

"瓦尔特不在乎?"

她的声调显然是难以置信。

"他这个人过于腼腆,这点我印象很深。有些男人受不了大吵大闹,这你知道。他很明白弄出丑闻来对谁都没好处。我还是觉得那个人不是瓦尔特,不过就算是,我感觉他也不会做出什么来。我看他会忘了这事。"

她思忖了一会儿。

"他深深地爱着我。"

"嗯,那样更好。你正好可以说服他,他相信你。"

他的脸上又露出了她所无法抵挡的迷人的微笑。他的微笑先是在清澈的蓝眼睛里隐含,而后才慢慢地在他美观有型的嘴上显现出来。他有着小巧、整齐、洁白的牙齿。这一感性十足的微笑让她整个身心都为之融化。

"我也不是很在乎,"她说道,心里忽然高兴起来,"这是值得的。"

"都是我不好。"

"你怎么会来?看你来了我吓了一跳。"

"我忍不住。"

"亲爱的。"

她向他倚近了一点,黑色的眼眸闪着光亮,热情地望着他,嘴唇也微微张开了。他用胳膊搂住了她。她快乐地喘息了一声,倒在他的怀里。

"记着你可以永远依靠我。"他说道。

"跟你在一起我真的非常快乐。真希望你也跟我一样。"

"你一点也不害怕了?"

"我恨瓦尔特。"她答道。

他不知该如何回应她,便又吻了她一下。她的脸则轻柔地触碰着他的脸。

而后他抬起她的手腕,看了看她腕上的小金表。

"猜猜我现在该干什么了?"

"溜走?"她微笑着说道。

他点了点头。她把他抱得更紧了,但感觉到他执意要走,又放开了他。

"像你这样放着工作不干,也不害羞。不和你在一起了。"

他从来不会放过调侃的机会。

"看来你是巴不得想马上甩掉我。"他轻轻说道。

"你知道的,我舍不得你走。"

她的声音又低又沉,但显然十分认真。他明白她的意思,只得笑了笑。

"今天来的这个神神秘秘的人,你不要太放在心上了。我打包票是佣人。就算不是,我也会帮你的。"

"你有多少经验?"

他笑得既开心又得意。

"不多,不过不谦虚地说,我的脑子还是够用的。"

3

她跟着他来到走廊,一直看着他走出房子。他朝她挥了挥手,这不禁让她一阵激动。他已经四十一岁了,然而身体依然十分柔韧,脚步灵活得还像个小伙子。

走廊已经全被阴影遮住了,但她心里充溢着爱情的满足,懒洋洋地不想回去。他们的房子坐落在欢乐谷,正好在山脚下;山顶的房子虽然条件舒适,但价钱他们付不起。她的目光很少顾及蓝色的大海和港湾里拥挤的船只。她的心思全被她的情人占据了。

这个下午他们的确做了蠢事,然而要是他想要她那样,她哪里还顾得来谨慎小心?他已经来她这里两三次了,都是在午饭以后,这个时候谁也懒得在太阳底下走动,即便那群童仆也没发现他来过。在香港他们的交往总是这样难。她不喜欢这座中国城市,每当她来到域多利道旁他们常见面的肮脏的小房子时,她就抑制不住地紧张。那是一家古玩店,店里四处落座的中国人令人厌恶地死盯着她瞧;她讨厌那个老头子,他堆了一脸讨好的笑,每次都把她带到古玩店的后边,再一溜烟跑上昏暗的楼梯给她开门。那个房间又脏又乱,墙边的大木头床简直叫她不寒而栗。

"这里脏得要命,你说呢?"第一次在这里和查尔斯见面时她说。

"等你走进来就不是了。"他答道。

当然,他把她拉进怀里的时候,这一切就都不算什么了。

唉,她一点也不自由,他也一样,这是多么让人懊恼的一件事。她不喜欢他的妻子。凯蒂的思绪有一会儿落到了多萝西·唐生的身上。叫多萝西这么个名字是多么不幸!从这个名字就可以猜出人有多大的年龄。她至少三十八岁了。但是查尔斯从不提她。他当然一点也不把她放在心上,她无聊、烦人,他跑还来不及呢。可他是位绅士。讽刺而又带有爱意的微笑浮上凯蒂的面庞:这就是他,一个保守到家的傻瓜——做出了对多萝西不忠的事,却不会在嘴上提一个字来让她失望。多萝西是个个子较高的女人,比凯蒂高一些,既不胖也不瘦,长了一头毫无光泽可言的褐色头发。除了她还是个年轻女子时那点人人都有的可爱之处外,她恐怕从来不会和"可爱"这个词沾边。她五官周正,但绝非漂亮。她有一双蓝色的眼睛,但是目光冷淡。她的皮肤你看过一眼绝无兴趣再看,面颊上毫无光彩。还有她的穿着——嗯,倒是和她的身份没有不符之处——香港助理布政司的妻子。凯蒂微笑起来,连双肩也微微地耸了一下。

当然谁也不能否认多萝西·唐生有一副听起来让人舒服的嗓音。她还是位好母亲,查尔斯常常把这一点挂在嘴边,而且她是那种凯蒂的妈妈称之为淑女的女人。然而凯蒂不喜欢她。她不喜欢她心不在焉的仪态。要是她请你喝杯茶或吃顿晚餐,她的礼仪会讲究到令人恼火的地步,让你觉得她根本就不把你当回事儿。

凯蒂觉得她唯一在乎的就是她的孩子：她有两个儿子尚在英格兰上学，另外还有一个六岁的儿子，她明年就想把他带回英国去。她的脸实在只是一张面具。她对人微笑，谈吐优雅，符合她的身份，但却给人一种拒人于千里之外的感觉。在这块殖民地上她有一群闺中密友，而她们对她无疑全都崇敬有加。凯蒂怀疑唐生夫人是否会认为自己的出身过于平凡。她不禁脸红起来。不过说到底多萝西也没有什么理由装腔作势。不可否认，多萝西的父亲一度官至殖民地总督，在位期间自然风光无限——他初入房间时人人都起立致敬，乘车离去时男士们无不脱帽致意——然而还有什么比一位退了休的殖民地总督更无足轻重的呢？多萝西·唐生的父亲现在栖身于伯爵府区的小房子里，靠养老金快快度日。凯蒂的母亲绝不会要求女儿去探望她一下，跟女儿在一起对她来说无聊透顶。凯蒂的父亲名叫伯纳德·贾斯汀，是一位英国王室法律顾问，不久的将来有望成为一名法官。他们住在南肯辛顿。

4

凯蒂跟随丈夫来到香港，到这儿后才发现她的社会地位实际上与丈夫所从事的职业息息相关，这让她一时难以接受。大家对他们倒还友善,有两三个月的时间,他们几乎天天受邀参加晚会。在总督府,总督大人像接待新娘一样接待了她。但是她很快便明白,作为政府雇用的细菌学家的妻子,大家都没把她真正当回事儿。这让她感到愤愤不平。

"这太荒谬了,"她向丈夫说道,"唉,这儿几乎找不出一个值得让人请到家里待上五分钟的人。妈妈做梦也不会想到请这些人来我们家做客。"

"别把这件事太放在心上了,"他答道,"真的没有什么,你知道的。"

"当然没有什么啦,除了说明这些人有多愚蠢。想想在家里经常来访的那些客人,再看看现在,我们在他们眼里简直不值一提,这真可笑。"

"在交际场上,科学家经常是被遗忘的人。"他微笑着说道。

这一点她是明白的,但应该是在嫁给他以后。

"我才知道,被大英帝国半岛东方航运公司代办处招待一顿晚餐让我有多高兴。"她说道,为了不让自己显得那么势利,她是笑着说的。

或许是察觉到了她故作轻松的背后所隐藏的不满,他拉过她的手,羞怯地握着。

"我真的非常抱歉,凯蒂,亲爱的,别为这件事烦恼了。"

"呃,我不会了。"

5

下午的那个人真的不可能是瓦尔特,一定是哪个佣人,他们也不会多出什么心思。这些中国佣人可能什么事都知道,但他们会把嘴闭得紧紧的。

当白色陶瓷旋钮慢慢转动起来的那一幕在脑子里浮现的时候,她的心脏不由得加速跳动了几下。他们不能再这么冒险了,还是去古玩店更稳妥些。在那儿即使谁看见了也不会起疑心,况且在那里是绝对安全的。古玩店的老板知道查尔斯的身份,他还不至于傻到向人透露助理布政司的底细。只要查尔斯爱她,其他还有什么可在乎的。

她转过身离开走廊,回到自己的起居室。她躺到沙发上,伸手去取一支烟。她看见有本书上放着一张纸条。她打开纸条,上面用铅笔写着几行字。

亲爱的凯蒂:

这是你想要的书。我正要来给你送时碰到了费恩医生,他说他正好经过家门,可以顺便给你带上。

V.H.

她按了铃，童仆上来的时候她问书是谁送来的，什么时候送来的。

"老爷送来的，夫人，中午饭以后来的。"他回答道。

看来是瓦尔特了。她立即打电话给布政司办公室，要查尔斯接电话。她告诉他刚刚得知的情况。他稍微停顿了一会儿，没有回答。

"我该怎么办？"她问道。

"我还在开一个很重要的会。恐怕我现在无法回答你。我的建议是你先坐着别动。"

她挂掉听筒。她明白他现在脱不开身，但他那些事务让她实在受不了。

她重新坐在书桌旁边，手托着脸，竭力思考着目前的境况。完全有可能是瓦尔特以为她睡着了，这样她当然有理由把门窗锁起来。她拼命回想他们有没有说过话。他们肯定没大声说话。还有那顶帽子，查尔斯真是疯了把它忘在楼下。但是怪他也没用，换了谁都没准会忘。况且瓦尔特发没发现也很难说。他大概已经和人约好，正赶着去忙工作上的事，把书和纸条搁下就走了。奇怪的是他本想开门，然后又动了动两扇窗户。如果他猜她睡着了，就不可能打搅她。她多笨呢！

她的身体颤抖了一下，心思又回到了查尔斯身上，她又感觉到了那股甜蜜又疼痛的滋味。这是值得的。他说过他会保护她，要是事情越来越糟，那……瓦尔特要闹就让他闹好了。她有查尔斯，还在乎别的么？他知道了可能倒最好。她从未关心过瓦尔特，自从爱上查尔斯·唐生以后，再让她忍受丈夫的亲吻简直就是活受罪。她不想和他再有任何瓜葛。她看他根本抓不住什么把柄。要是他诬陷她，她就矢口否认。要是实在隐瞒不下去了，她就一股脑把真相和盘托出，他爱怎么着就怎么着。

6

婚姻生活刚过了三个月，她就明白她犯了一个错误。不过说她妈妈是罪魁祸首更合适些。

房间里摆着一张她母亲的相片，凯蒂疲惫的目光正好落在它上面。她奇怪为什么她会把它摆在那里，她并非那么喜欢她的母亲。她还有一张父亲的相片，搁在楼下的大钢琴盖上。那是他被聘为御用律师时照的，所以相片上他戴着假发，披着长袍。但即便如此，他的形象依然难以焕发几分光彩。他身材矮小消瘦，眼神疲惫，嘴唇很薄，上唇偏长。那位爱逗乐的摄影师叫他笑一笑，可他看上去却更严肃了。贾斯汀夫人认为他反撇的嘴角和低沉的眼神恰好显现出一股平和内敛之气，给人公正严明之感。所以，才从诸多备选相片中挑选了这一张。贾斯汀夫人本人的相片是在丈夫荣升王室律师后受邀进宫时照的。身着天鹅绒长裙的她显得无比雍容华贵，长长的裙摆更显示了她的高贵典雅。她头饰翎羽，手捧鲜花，身体挺得直直的。她是个五十岁的女人，身材苗条，胸部平平，有着突出的颧骨和高高的鼻梁。她的头发依然未见稀疏，发质乌黑光滑。凯蒂一直怀疑她妈妈的头发即使不是染过，也是特别加了润饰的。她漂亮的褐色眼睛从来不会停留在什么东西上，这无疑是她身上最为显著的特征。要是你有幸和她交谈片刻，一定会对她那双东瞥西看、捉摸不定的眼睛感到惶恐不安。她的脸表情淡漠，皮肤光滑，肤色偏黄，而那双眼睛在你身上各处游走，在你和房内其他人之间飞快地游移。你会觉得她的眼睛在给你挑毛病，在给你这个人下定论，与此同时她又不放过各个角落里发生的事情，而从她嘴里说出来的话怕是跟她心里想的一点联系也没有。

7

贾斯汀夫人是个尖酸刻薄的女人，她支配欲极强，野心勃勃却又吝啬小气，十分愚蠢。她是利物浦一位律师的五个女儿之一，在北部巡回法庭与伯纳德·贾斯汀相识。其时他风华正茂，事业蒸蒸日上，她的父亲预言他前途无量。然而，他最终却踟蹰不前。他干活勤奋，韧性十足，才华横溢，但是缺乏上进心。贾斯汀夫人十分蔑视他。但她不得不酸溜溜地承认，她的成功只能寄望于他，于是她想方设法逼他为己所用。她在他耳边喋喋不休，毫无怜悯之心。她看出来，倘若有交给他的事情他本意不从，只要言语不休让他无安宁之日，等身心疲惫，他必定乖乖投降。她颇费心机发掘任何可利用之人。她对能给丈夫引介案子的律师极尽谄媚，与其夫人混得亲密熟稔。她对法官及法官夫人们极尽奉承，在有前途的政治新星身上也费尽苦心。

二十五年来，凡是贾斯汀夫人邀请至府上的客人，无一是因博得她个人的好感而获此殊荣。每隔一段时间她就要举行隆重的晚宴。然而她的吝啬丝毫不逊于她的野心。她对花钱深恶痛绝，自诩仅用一半的钱就能办出同样豪华的晚会。她家的晚宴时间冗长，花样繁多，但却节俭之极，她自信客人们在边享用主菜边高谈阔论之时，绝不会注意他们喝的是什么。她把带沫摩泽尔葡萄酒瓶用餐巾包裹起来，以为客人们就会把它当香槟酒喝了。

伯纳德·贾斯汀的业务情况还算不错，但远非顾客盈门。许多后起之秀早已超过了他。于是贾斯汀夫人便要他参加议会选举。竞选费用靠党内成员共同出资，但她秉性里的吝啬再次压倒了野心，她从不想出足够的钱。这样，庞大的竞选基金里面，伯纳德·贾斯汀出的钱总是比作为参选人所理应出的少那么一点点，结果他落选了。贾斯汀夫人吞食了苦果，然而竞选人妻子的身份却让她高兴。丈夫的参选使她得以认识诸多杰出人物，社会地位的提高让她喜出望外。她明白伯纳德根本进不了议会，她只是想借机赚取党内的几分感激之情，这样让伯纳德以两三票之差落选是再合适不过了。

然而他依然是一位低等律师，而他的许多后辈俨然已经成为御用律师。她觉得他必须朝这个目标努力,否则根本没希望当上法官。另外他的妻子正在为不得不和比她年轻十岁的女人共赴晚宴而苦恼不已,就算是为了她,他也应该如此。但多年来她第一次遭到了他的反抗。他担忧升为王室法律顾问会使生意减少,一鸟在手,胜于二鸟在林。她反唇相讥称谚语只是他的最后一招,只能说明他已理屈词穷。他让她想想要是收入减半了会怎么样,这肯定是她最要命的事。她依然不听。她叫他懦夫,让他不得安宁。最终,他一如既往地屈服了。他申请担任御用律师,很快便获得了准许。

他的担心应验了。他在高级律师的位置上毫无进展,而上门的生意也屈指可数。但他掩藏了自己的失望之情,对妻子若心有不快,也不会出口责备。他在家大概话比以前少了一点,然而他一贯少言寡语,谁也没注意到他身上这点变化。他的女儿们只当他是全家的衣食来源,为了她们吃好住暖、游玩取乐,他理应做牛做马。如今因为他的过错,钱来得比以前少了,除了对他漠不关心外,她们心里对他又多了一层埋怨和蔑视。她们从未想过这位顺从的矮小男人心里想的是什么。他起早出门,夜晚准时回家换衣就餐。他对她们来说是个陌生人,但他是她们的父亲,自然应当爱她们,疼着她们。

8

贾斯汀夫人有股令人敬佩的勇气。她的社交圈子就是她的命,但她绝不让他们任何一个人瞧见她愿望受挫之后的窘境。她像往常一样生活着,悉心准备奢华的晚宴,不比从前差上一点;遇见朋友依旧表现得热情亲昵,光彩照人。她有一招能在交际场上左右逢源的闲聊本事。随便一个新话题都不会让她磕绊上半句,要是有尴尬的冷场出现,以她独到的眼见她能够立即寻到话题将其打破。在闲谈常常不能顺利进行的人群当中,她是位广受欢迎的客人。

依目前的情况来看,伯纳德·贾斯汀恐怕不能指望升任高级法院法官了,但进入地方法院或许不成问题,最坏也可以到殖民地法院谋得一官半职。与此同时,她预料他有可能受聘为威尔士某镇的刑事法官,但她还是把希望全部寄托在了女儿身上。靠着给女儿们找到如意丈夫,她想一举把这辈子的晦气统统打消。她有两个女儿,凯蒂和多丽丝。多丽丝长得一点也不好看,鼻子太长,身材太粗。贾斯汀夫人只能寄希望于给她找上一个职业还算体面、家底还算殷实的年轻丈夫了。

但凯蒂是个美人儿,她还是个孩童的时候便已是个美人坯子:大大的褐色眼睛,既活泼又水灵,一头略微泛着红色光泽的卷发,一口精致漂亮的牙齿,让人赏心悦目的皮肤。但她的长相似乎不会十分出众,因为她的脸颊过于扁平,鼻子虽然不像多丽丝那样长,也略显大了一点。她的美貌很大程度上依赖于年轻,因此贾斯汀夫人觉得有必要在她少女初成时给她找好婆家。她最终出落成的容貌着实惊艳夺目:她的皮肤依然是她最美的地方,而她长着长睫毛的眼睛熠熠有神,看了令人心旷神怡,谁都想多看一眼。她天性活泼,随处给人带来欢乐。贾斯汀夫人在她身上倾注了所有的感情,感情底下隐藏着残酷和心机,这是她所拿手的。她野心勃勃,现在她要给女儿找的不是一个好丈夫,而是一个杰出丈夫。

凯蒂在自己将要成为美女的众论中长大。她看出妈妈的意图,但这也正好合了她的心思。她亭亭玉立出现在世人面前。为了使女儿得以和优雅绅士们结识,贾斯汀夫人充分发挥自己的天才,频频谋得参加舞会的机会。凯蒂成了一朵交际花。她既美丽又风趣,很快便使十多位男士坠入爱河。不过他们当中没有一个合适的,凯蒂高雅地与他们继续友好地交往,同时小心和他们保持着距离。南肯辛顿的客厅一到礼拜天的下午就挤满了前来追求爱情的年轻人。贾斯汀夫人面带冷酷的微笑,满意地观察着她房子里发生的一切,让他们别离凯蒂太近对她来说不用费吹灰之力。凯蒂和每个人打情骂俏,同时从不忘了在这群男士中挑拨离间,从中取乐。但是他们若当众求爱,正像他们每个人都做过的那样,凯蒂会圆滑地拒绝他们,却不用说出那个"不"字。

少女的第一年很快过去了,完美的丈夫没有出现。之后的一年也是这样。但她依然年轻,还可以等下去。贾斯汀夫人告诉朋友们,要是一个姑娘不到二十一岁就嫁了出去,那真是一个悲哀。然而第三年过去了。紧接着又是第四年。两三个以前的崇拜者还在向她求婚,但谁叫他们身无分文呢。一两个比她小的小伙儿也开了口。此外还有一位退休的印度官员,现为王室顾问,他有五十三岁了。凯蒂依然频繁出现在舞会上,先是温布尔登、王宫,然后是爱斯科赛马会、亨利市。她享受着每一场舞会,但依然没有地位、收入都令人满意的男士向她求婚。贾斯汀夫人渐渐地有些按捺不住了。她察觉到凯蒂开始有意吸引四十岁以上的老男人。她提醒女儿再过一两年她就不那么漂亮了,而漂亮姑娘可是年年都有。贾斯汀夫人没有把这番话向她的小圈子里的朋友说,她严肃告诫女儿,有一天她会怀念她那群旧情人的。

凯蒂只是耸了耸肩膀。她觉得她的美貌一点也没有减少,甚至比以前更漂亮了,因为在过去的四年里她学会了如何穿戴打扮,而且她还有的是时间。要是她想为了嫁人而嫁人,那马上就会跳出一打小伙子来。那个最完美的男人出现只是早晚的事。贾斯汀夫人更具智慧地判断了形势,漂亮的女儿对机会熟视无睹让她揪心,现在她必须把标准降得低一点。她开始关注以前曾高傲地鄙视过的职业阶层,以期找到一名她认为前途光明的年轻律师或者商人。

凯蒂已经到了二十五岁,还是单身未嫁。贾斯汀夫人怒不可遏,经常毫不留情地给凯蒂脸色看。她问凯蒂还要她的爸爸养她多久。为了给她撑排场,几乎把他挣来的钱全都花光了,而她没有把握住一次机会。贾斯汀夫人从未想过,或许是她的过度热情吓跑了高官贵爵的子弟们,每次向他们发出邀请时,她的亲昵程度都让他们望而却步。她最终把凯蒂的失败归结为愚蠢。这时轮到多丽丝了。她的鼻子还是很长，身材也不好，跳舞跳得极差。少女时代的头一年，她和杰弗里·丹尼逊订了婚。他是一位有钱的外科医生的独生子，这位医生曾在战争期间获得了准男爵的封号，杰弗里将会继承这一封号。虽然一个从医获得的准男爵封号并非那么风光，但是——感谢上帝，封号毕竟是封号。更别说杰弗里还要继承一大笔遗产呢。

凯蒂一气之下嫁给了瓦尔特·费恩。

9

她只认识了他很短的时间，从未对他多瞧过两眼。她想不起来他们第一次相遇是在什么时候，在什么地方。订婚之后她才从他那里得知那是在一场舞会上，是朋友们把他拉去的。那时她当然不可能多注意他了。要是真和他跳了舞的话，也是因为她一贯的好脾气，任何一个请她跳舞的人她都不愿拒绝。一两天后，在另一场舞会上，他来到她的面前同她讲话，而她对他还一无所知。然后她恍然大悟：她参加的每场舞会他都在场。

"你知道，我已经和你跳过十多次舞了。现在你必须告诉我，你叫什么名字。"最后，她以一贯的方式笑着对他说道。

他显然有些意外。

"你是说你不知道我的名字？我曾经被人引见给你。"

"呃，不过他们老是说话含含糊糊。要是你根本不记得我叫什么名字，我一点也不会奇怪。"

他对她示以微笑。他脸色凝重，甚至有一点苛刻，但是他的微笑十分亲切。

"我当然知道。"他停顿了一会儿，接着问道，"你不觉得好奇吗？"

"和大多数女人一样，非常好奇。"

"你没想过向别人问我的名字吗？"

她隐隐地感到可笑。她奇怪他竟然认为她会对他的名字感兴趣。不过她乐意取悦于人。她朝他露出了迷人的微笑，漂亮的眼睛如同森林里露珠汇成的池水，隐含着一股妩媚的亲切。

"嗯，你的名字叫什么？"

"瓦尔特·费恩。"

她不知道他为什么要参加舞会，他的舞跳得差极了，而且他好像谁也不认识。她忽然想到他会不会爱上她了，但是马上耸耸肩打消了这个念头。她知道好多女孩一厢情愿地认为她们遇见的每个男人都爱上了她们，事实证明她们荒谬极了。不过，她对瓦尔特的注意比以前多了一些。他不像其他爱上她的男孩。他们大都大胆地向她表白，告诉她他们想亲吻她。这样的人的确不少。但是瓦尔特·费恩从不说她的好话，也很少谈起自己的心迹。他实在太少言寡语了，但她倒不是很在意，因为她的话滔滔不绝，要是他被她的哪个小幽默逗笑，就会把她乐翻了。但是他说起话来倒并不愚蠢，他只是非常害羞。他好像是住在东方某地，现在在家休假。

某个礼拜天的下午他出现在南肯辛顿。当时有十几个人在场，他坐了一会儿，好像很不自在，然后就离开了。后来她的母亲问她那人是谁。

"我也说不好。是你叫他来的吗？"

"是的。我在巴德利家遇见他。他说他在好几次舞会上看见了你。我告诉他每个礼拜天我都在家待客。"

"他姓费恩，在东方谋了份工作。"

"对，他是个医生。他爱上你了吗？"

"我还说不好。"

"我以为到现在为止你应该能自己判断出哪个年轻男人爱上了你。"

"就算他爱上我，我也不会嫁给他。"凯蒂心不在焉地说。

贾斯汀夫人没有做声，但在沉默中隐藏着不快。凯蒂脸红了，她明白妈妈现在不在乎她嫁给谁，她一门心思只想让她早点离开她的家。

10

接下来的一个礼拜她又在三次舞会上遇见了他。如今,他好像不像过去那么害羞了,话也多了起来。他是一个医生,但是并不出诊。他实际上是一名细菌学家(这个称呼在凯蒂的脑海中只有很模糊的概念),在香港有一份工作,秋天他就要回到香港。他谈起中国来总是滔滔不绝,她已经养成了对谁的谈话都显得全神贯注的习惯。不过香港的生活听上去确实令人向往,俱乐部、网球场、赛马场、马球场、高尔夫球场,在那儿应有尽有。

"那儿的人喜欢跳舞吗?"

"呃,是的,我想是的。"

她怀疑他是不是故意跟她讲这些的。他好像喜欢她待在他身边,但从来也不用手碰她。没有一个眼神、一句话能给她个暗示,好让她以为她不仅仅是一个和他相遇并与之跳舞的姑娘而已。接下来的那个礼拜天,他又来到了她们的公寓。她的父亲由于下雨而取消了打高尔夫球的计划,刚好从外面回来。他和瓦尔特·费恩进行了一番长谈。后来她问父亲他们谈了些什么。

"他好像已经在香港立了业。那儿的首席法官是我在律师界的一个老朋友。他看上去是个才华出众的年轻人。"

她明白父亲因为她和妹妹,已经被迫应付这些年轻人好几年了,几乎烦得他要命。

"您很少对追求我的人表示好感,爸爸。"她说道。

他和蔼、疲惫的眼神落在她的身上。

"你准备嫁给他吗?"

"当然不会。"

"他爱上你了吗?"

"他没做什么表示。"

"你喜欢他吗?"

"我想不是很喜欢。我对他有点不耐烦。"

他根本不是她喜欢的那种类型。他个子不高,一点也不强壮,又小又瘦。他皮肤发黑,也没留胡子,脸上轮廓分明,再普通不过了。他的眼珠差不多是黑色的,但眼睛不大。他目光迟滞,盯住什么东西半天也不会放开。目光里倒是充满了好奇,却不会让人觉得有多舒服。光看他挺直、精巧的鼻子,清秀的眉毛和线条优美的嘴,他应该还是位美男子。但他偏偏不是。凯蒂在心里思忖,这个人要是单看他的五官,还真是相当英俊,简直会吓她一跳。他的表情微带一点嘲讽,在和他渐渐熟悉之后,凯蒂觉得跟他待在一块儿会让她浑身不自在。他太死气沉沉了。

在这一年即将结束的时候,他们已经见面无数次了。但他还是和以前一样淡漠,难以捉摸出他的心思。和她在一起时他已经不再是害羞了,而是局促不安。他的谈话依然令人难解地缺乏活力。凯蒂得出结论说他一点也没有爱上自己。他只是喜欢她,觉得和她谈话比较合意。等到十一月他回到了中国,就会把她忘得一干二净。她怀疑他没准早跟香港医院里的某个护士订了婚,那人很可能是个传教士的女儿,迟钝、平庸、笨拙而又精力过剩,只有那样的女人才最适合他。

这时多丽丝和杰弗里·丹尼逊订婚了。门当户对的婚姻即将眷顾十八岁的多丽丝,而她二十五岁了,还是位单身老姑娘。难道这辈子嫁不出去了吗?今年唯一的求婚者是位二十岁的牛津大学生,而她绝不会嫁给一个比自己小五岁的小男孩。她已经搞砸了好多次了。去年她拒绝了巴斯市一位鳏居的爵士,他带了三个孩子。她几乎后悔了。妈妈现在肯定很吓人。而多丽丝呢?为了凯蒂找到完美的夫君,她已经被迫做出了很多牺牲。如今,她一定会对凯蒂幸灾乐祸。凯蒂沮丧极了。

11

然而有一天下午她正从哈罗德百货商店步行回家,正巧在布朗普顿路遇见了瓦尔特·费恩。他停下来跟她说话。而后,他很随意地问她是否介意到公园里走一走。她并不急着回家,而公园的确是个让人感到舒适的地方。他们随意漫步,像以往一样闲聊着琐事,然后他问她夏天准备怎么过。

"呃,我们一直都是躲到乡下去。你知道,父亲工作了一段时期,变得很累。我们尽量找最安静的地方。"

凯蒂的回答不无挖苦,因为她清楚地知道父亲的业务还不至于多到累着他的地步,另外家里也轮不到他来决定休假的目的地。关键在于安静的地方价钱便宜。

"你不觉得那些椅子很不错吗?"瓦尔特突然说道。

她顺着他的目光望去,树下的草地上有两把绿色的椅子,离他们很近。

"我们坐下来吧。"她说道。

但是当他们坐下来以后,他忽然变得怪怪的,似乎心神不宁。她心想他真是一个怪人,不过她依旧兴高采烈地闲聊,心里揣度着他邀请她来公园散步的目的。或许他要倾诉他对香港那位笨蛋护士的爱慕之情?他突然转向她,打断了她刚说了一半的话,原来他根本没在听她说话。他的脸全都煞白了。

"我有话要跟你说。"

她飞快地瞥了他一眼,他的眼神显得焦虑万分,嗓音有点奇怪,低低的,有些发抖。她还没来得及想他因何变得如此激动,他又开口了。

"我想问你,愿不愿意嫁给我?"

"你吓坏我了!"她大惊失色地望着他,回答道。

"你不知道我早就爱上你了吗?"

"你从来没有暗示过。"

"我嘴太笨了。说对于我比做难得多。"

她的心脏跳得更快了。她曾遇到无数次的求爱,而他们无一不是和颜悦色、深情款款。她用同一种方式回绝了他们。还没有人像他这样突兀地,甚至痛苦地向她求婚。

"谢谢你。"她半信半疑地说道。

"我第一次见到你就爱上了你。我也曾想过向你表白,但我实在鼓不起勇气。"

"我不知道你这样做对不对。"她咯咯地笑了。

她很高兴能找个机会笑一下。天气相当晴朗,而他们周围的空气却十分沉重,笼罩着不祥的气氛。他紧紧地皱着眉头。

"呃,你知道我的意思。我不想失去希望。但是现在你们就要走了,而我秋天就要回中国。"

"我从没想过你是那样的。"她想不出该说什么了。

他没再说话,低下头阴沉地望着草地。他真是个怪人,不过既然他表白了,她倒隐隐约约觉得这种爱她的方式还从没碰到过。她受了一点惊吓,但是也很得意。他的淡漠还历历在目呢。

"你必须给我时间考虑。"

他还是没有回答,也没有动。他在等着她作出决定吗?那太荒唐了。她必须先和母亲商量。刚才说话的时候她就应该站起来,她坐着只是想等着他的回答。而现在,不知为什么她觉得再想动却动不了了。她没有看他,只在心里回想着他的形象。她做梦也没想到要嫁给一个才比她高那么一点的男人。当你坐在他身边时,你会发现他的容貌相当清秀,同时也会看到他的脸色有多冷淡。而当你意识到他的心里其实涌动着强烈的激情,那种感觉真是怪极了。

"我不了解你,我一点也不了解你。"她声音颤抖着说道。

他将目光转向了她。她觉得她的眼睛不自主地触到了他的目光。他的眼睛里有种她从未见过的柔情,同时似乎在乞求着什么,就像一条被鞭子抽了的狗。这加剧了她的紧张。

"我觉得我们可以熟悉起来。"他说道。

"你还是很害羞，不是吗？"

这无疑是她经历过的最奇特的求婚了。在这种场合下，对她来说他们之间的谈话无论如何也该到此为止了。她一点也不爱他。她不明白为什么还没有出口拒绝他。

"我太愚蠢了。"他说，"我想告诉你我爱你胜过这个世界上的一切，可是我就是开不了口。"

现在更怪的事发生了，她竟然有点感动。他当然不是那么冷漠，只不过是他不会交际罢了。现在她比以前任何时候都更喜欢他。多丽丝十一月就要结婚了。那时他也会去中国。要是她嫁给他，那么她就会和他一起去。给多丽丝当伴娘可不太妙，能躲开是最好不过了。要是多丽丝结了婚，而她还是单身，岂不更显出她是个老处女。那时就没人再想搭理她了。对她来说嫁给瓦尔特不是十分中意，但毕竟是一场婚姻。况且中国的生活也很令人向往。她已经受不了妈妈那张冷嘲热讽的嘴了。跟她同岁的姑娘早就都嫁了人，几乎个个连孩子都有了。她再也懒得去探望她们，跟她们谈论她们的心肝宝贝。瓦尔特·费恩会给她带来新的生活。她转向了他，露出了信心十足的微笑。

"假如我鲁莽地答应你，你打算什么时候娶我？"

他惊喜地喘了一口气，刚才还是苍白的脸一下子红光满面。

"就是现在！马上。越快越好。我们去意大利度蜜月。八月和九月。"

那样她就不用夏天跑到乡下和父母住五基尼一礼拜的牧师小屋了。一瞬间她的脑海里浮现出《邮政早报》的布告：新娘将回到东方，婚礼不日举行。她了解妈妈，她一定会让这条消息在显著位置刊登。至少那时不是多丽丝显风头的时候，等到她举行她更为隆重的婚礼时，凯蒂早已经远走高飞了。

她伸出了她的手。

"我想我非常喜欢你。你必须给我时间让我适应你。"

"那么你答应了？"他打断她的话。

"我想是的。"

12

那时她对他的了解仅有一星半点，而现在，结婚已经将近两年了，这种了解却没能增进多少。起初她被他的关心所感动，对他的热情感到既意外又惊喜。他十分体贴，时时刻刻不忘给她带来舒适。只要她开口，哪怕是鸡毛蒜皮的小事儿，他都不会耽搁半刻。他时常给她带来小礼物。要是她不巧生了病，再没有比他细心周到的了。要是她有什么烦人的事懒得做，那可就是帮了他的大忙。他对她总是谦敬如宾。她一进门，他便会起身站立。她要下车，他会伸手搀扶。要是碰巧在街上遇见她，他一定对她脱帽致敬。她要出屋，他会殷勤地为她开门。进入她的卧室和梳妆室之前，他必先敲门。他对待凯蒂不像她见过的任何男人对待妻子那样，倒像是把她当成乡下来的同乡。这滑稽的情形让她高兴了一阵，但也不免厌倦。如果他能更随意一点，他们就会更亲近些。如今他们只是徒有夫妻之名，关系远非通常夫妻那样亲昵。他还是个热情似火的人，有点歇斯底里，而且多愁善感。

她很惊讶地发现他是多么情绪化。他平时的自制要么源于害羞，要么是长久养成的习惯，她不确定是哪一种。等到她躺到他的怀里，他变得心满意足时，平时绝不敢说荒唐话、绝不敢做荒唐事的人，竟然满口小孩儿气的话。这让她开始多少有点瞧不起他。有一次她讥笑说，他说的是世界上最吓人的胡话。她感觉到他的胳膊松了下来，他半天没说话，然后放开她一个人回到自己的卧室。她不想伤害他的感情，一两天过后，她对他说：

"你这个傻家伙，你说的那些话我根本没觉得不好。"

他只是羞涩地笑了笑。不久以后，她发现他很难融入别人的圈子里。他太过难为情了。要是在晚会上，大家都开始唱歌，里面保准没有瓦尔特。他面带微笑坐在一旁，似乎也从中得到了快乐，但实际上他的笑是装出来的。他的笑更像是在嘲讽，让人觉得在他心里这些自娱自乐的人根本是一群傻瓜。轮流唱歌是多么令凯蒂兴高采烈的事，然而他就是不肯加入进去。在去中国的途中他们参加了一次化装舞会，让他像别人一样穿上奇装异服连门儿也没有。显然他认为这些都无聊透顶，这很让她扫兴。

凯蒂天生活泼，她愿意一天到晚说个不停，想笑就笑。他的沉默却常常浇灭她的热情。对于她说的闲聊话，他从来不搭腔，这让她愤懑。那些话题的确不需要特别的回答，但是有人回应毕竟令人高兴。要是外面下雨了，她会说："雨下得好大啊。"她等着他说:"嗯,是啊。"然而他却像个闷葫芦。有时她真想上去摇摇他的脑袋。

"我说雨下得很大!"她重复了一遍。

"我听到了。"他回答道,脸上露出亲切的微笑。

这表明他不是故意惹她生气。他不说话是因为他无话可说。不过后来凯蒂微笑着想,要是谁都在有话可说的时候才开口,那用不了多久人类大概就不会讲话了。

13

当然,关键是他毫无魅力可言。这就是他到处不受欢迎的原因,刚到香港没多久她就发现了这一点。对他的工作她一向知之甚少。她很清楚政府的细菌学专家不是什么大人物,知道这点就足够了。他似乎也无意跟她谈论工作上的事。起初她对他的工作颇感兴趣,曾经试图过问。他开个玩笑搪塞了过去。

"很枯燥,很专业。"另外一个场合时他说,"薪水不是很多。"

他太过于矜持。所有关于他的家族、他的生日、他的学历,以及认识她之前的生活,都是她一句一句问出来的。不可理喻的是,他最烦的就是别人问他问题。有时她出于好奇想问些什么,他的回答会越来越唐突无礼。她看得出来他不愿回答不是想对她隐瞒什么，只是他天性如此。谈论自己会让他难受，害羞，不自在。他不知道如何开放自己。他喜欢阅读，但是他读的书在凯蒂看来全都索然无味。不忙于写科学论文的时候，他看的是有关中国或者历史的书。他从来不会放松放松。她觉得他压根儿不知道如何放松。他热衷于竞技游戏：打网球和桥牌。

她奇怪他怎么会爱上她。任何人都要比她更适合这个保守、冷漠、自制的男人。然而事实是他就是那么地爱她，为了她他愿意做任何事。他就像她手里的牵线木偶。她回想起他只显露给她的那一面，不免对他心生鄙视。她怀疑他一贯的嘲讽态度和对她的聊友和热衷的玩乐所抱有的轻蔑，其实都是在遮掩他内心的虚弱。她觉得他的脑子足够聪明，大家也都抱以认同，然而除了少有地跟他喜欢的两三个人在一块儿并来了兴头时，就再也见不到他与人闲谈玩乐了。她不会对他感到厌倦，只是对他漠不关心而已。

14

尽管凯蒂已经多次在茶会上遇见过查尔斯·唐生的妻子，但第一次见到唐生妻子本人是在她来香港几个礼拜之后。她受邀随其丈夫到他家享用晚餐。其时凯蒂暗藏戒心。查尔斯·唐生有助理布政司的官位，要是他假意屈尊俯就，她可不吃那一套。在此之前她已经在唐生夫人优雅得体的待客之道中领教了那种优越感。唐生家待客的房间十分宽敞开阔，屋内摆设同她在香港见过的每家会客厅一样，朴实家常，令人感到十分舒适。这是一场颇为盛大的晚宴。他们是最末到来的客人，进门时身着制服的中国佣人们正手擎托盘，向宾客们递送鸡尾酒和橄榄酒。唐生夫人随意地与他们打招呼，手里拿着一份名单告诉瓦尔特该与哪位宾客坐在一起。

凯蒂看到一个高大英俊的男人走上前来。

"这位是我的丈夫。"

"能坐在你身边是我的荣幸。"他说道。

他的话让她颇感愉悦，暗藏的敌意立即烟消云散。他的眼神似在微笑着，她发现他的眼里曾闪过片刻的惊奇。她不会看错，这让她禁不住笑了起来。

"我想我无法享用今天的晚餐了。"他说道，"虽然多萝西说这顿晚餐美味至极。"

"为什么不呢？"

"有人应该告诉我。真应该有人事先提醒我一声。"

"关于什么？"

"谁也没跟我提过。我竟然即将和一位绝顶美人相会。"

"我不知道该如何回答你。"

"不必回答，只需我一个人来说。毫无疑问我会把这话说上一千遍。"

凯蒂对他的殷勤不为所动，她思忖着他的妻子一定对他说了什么。他一定问了她。唐生的眼神依然微笑着，他低头看着凯蒂,猛然回想了起来。

"她长什么样?"当他的妻子说她遇见了费恩医生的新婚妻子时,他这样问过。

"呃,挺漂亮的小女人,像个演员。"

"她登过台?"

"呃,不,我想不是。她的父亲是个医生或者律师什么的。我看我们应该叫他们来吃顿晚餐。"

"那先不忙,不是吗?"

与她并排坐在了餐桌旁边时,他称他在瓦尔特刚到殖民地时就认识了他。

"我们一起打桥牌。他在俱乐部里简直是一枝独秀。"

在回去的路上她把这话告诉了瓦尔特。

"那不代表什么,你知道。"

"他打得怎么样?"

"挺不错。如果拿了好牌,他打得会非常棒。要是牌不顺,他常常输得一败涂地。"

"他打得和你一样好吗?"

"我对自己的牌技很有自知之明。可以说我是二流牌手里面很不错的。唐生觉得他是一流牌手。他不是。"

"你不喜欢他吗?"

"我既不喜欢他也不讨厌他。我相信他工作得很不错,而且人人都说他是个运动健将。我对他不是很感兴趣。"

瓦尔特的中庸态度不是第一次激怒她了。有什么理由必须这样出口审慎呢?你要么喜欢一个人,要么不喜欢。她非常喜欢查尔斯·唐生。这是她始料不及的。他几乎是这块殖民地上最受欢迎的人。据说香港布政司不久就将卸任，每个人都希望唐生来接任这个职位。他打网球、马球和高尔夫球，自己还养了几匹赛马。他总是乐于对人施恩行善。他从不在意繁文缛节，也不装腔作势。凯蒂不知道为什么以前别人夸他时她都不以为然，她觉得他肯定是个狂妄自负的人。看来她是大错特错了。要是他还有什么叫她不痛快的，那就是她犯的这个错误了。

她好好地享受了这个晚上。他们谈论了伦敦的剧院，聊起了爱斯科赛马场和考斯，只要是她知道的，她都尽情地倾吐出来，就好像他们早就在莱那克斯花园某间豪华的客厅里认识过一样。晚饭后不久，绅士们陆续来到休息室，他踱了两步后又坐到她的旁边。他的话本身不是那么逗趣，但却老是把她逗乐，一定是他说话的方式太特别了。他的声音既深沉又热切，听了让人心安气定。他明亮温柔的蓝眼睛里流露着某种令人愉悦的东西，能让她从头到脚地放松下来。他确实魅力十足，这就是他处处受人欢迎的原因。

他个子很高，她觉得他至少有六英尺二英寸。他的身材相当健美，几乎身体每处地方都完美无缺，在他身上找不到一点多余的肥肉。他梳着优雅的发型，在房间里的男士中应该是最有品位的。他的穿着也非常讲究。她喜欢这样潇洒整洁的男人。她的眼睛看向了瓦尔特，他的形象真应该改善一下。她又注意到唐生袖口上的链扣和马甲上的纽扣，以前在卡地亚珠宝店也见过与之类似的。唐生家族显然家道殷实。他的脸被太阳晒得黝黑，却更显得他健康了。她很喜欢他那撮卷曲的小胡子，它被打理得整整齐齐，一点也没有盖住他红润的嘴唇。他有一头乌黑的短发，梳得油光可鉴。不过要说最迷人的地方，还应该是浓眉之下的那双眼睛。它们蓝极了，眼底流露着和蔼之情，显示了他这个人的脾气有多好。看看这双蓝眼睛，它的主人怎么可能伤害到别人一点呢？

她敢确信他被她迷住了。即便是他嘴上没说什么，那双闪烁着欣赏之情的眼睛也背叛了他。他似乎兴奋得过了头，自己却还没意识到。这种场景凯蒂最熟悉不过了。他们一直向彼此说着笑话，但他时不时不露声色地夹杂上两句奉承话，讨得她十分欢心。到了分别握手的时候，他的手上用的劲儿，就更不会错了。

"希望不久再见。"他说得很随意，然而他的眼睛露了馅儿，这话底下别有深意。

"香港这地方不大，不是吗？"她说道。

15

谁能想到才三个月他们就发展到了这个地步呢？他对她说，跟她初次见面的那个晚上他都快疯了。她是他这辈子见过的最美丽的女人。他对她当晚的穿着记忆犹新，当时她身着新娘的盛装，在他眼里就像峡谷里的一朵百合花。就算他不告诉她，她对他爱上自己也早就心知肚明。不过当时她故意跟他保持了一小段距离，现在她对此还有点吃惊呢。他是那么富于激情，差点让她难以拒绝。她不敢叫他亲吻她,担心一旦被他搂在怀里,她的心脏就会跳得飞快。从前她从未真正恋爱过,原来爱情如此奇妙。这会儿尝到了爱情的滋味,她倒突然对瓦尔特有点同情,虽然他的爱一度折磨着她。她一开始时半开玩笑地戏弄他,不想他却十分受用。起初她还有点担心,这下就完全成竹在胸了。她打趣似的取笑他,他一领会了她的意思就笑起来,把她逗得够呛。他被她弄得又惊又喜,她想这些天来的戏耍一定会让他变得更有人情味。然而享受了激情的滋味之后,她调整了手法,开始欲擒故纵,玩的兴致比以前淡了很多。她竭力做到不痛不痒,就像竖琴师的手轻盈地抚过琴弦。他被搞得一头雾水,而她大笑不止。

查尔斯最终成为她的情人时,她和瓦尔特之间的关系似乎令人难以置信。她竟然对持重自制的他也忍不住笑容满面。那正是她心花怒放的时候,对谁都会止不住笑脸的。不过话说回来,要不是有他的话,她也不会认识查尔斯。在最终投入查尔斯的怀抱之前,她迟疑了很长时间。倒不是她不甘臣服在查尔斯的激情之下,因为论激情,她丝毫也不输给他。她骨子里的家教和仁义道德还在作怪。事后她惊奇地发现(他们的结合最终出于偶然,机会的到来出乎两人的预料)她一点没变。她觉得怎么也会有点不同,心里发生了这么大的变化,肯定会让她感觉变成了另外一个人。但是当她偶然坐到镜子跟前的时候,她迷惑地看到镜子里的女人和前一天毫无二致。

"你恨我吗?"他问她。

"我崇拜你。"她小声说。

"浪费了那么长时间,不觉得很傻吗?"

"我真笨。"

16

这种常常不可抑止的快乐让她焕发了第二春。结婚之前她的青春美色已经渐渐褪去,给人色暗珠黄之感。有人残酷地下了定论,称她的美丽已经一去不复返了。然而二十五岁的少妇和二十五岁的姑娘有着天壤之别。结婚之前她是个玫瑰花的花骨朵,花瓣边缘已经萎黄,而后一夜之间这朵玫瑰花盛开了。她清亮透彻的眼睛似乎更加柔情似水。她的肌肤(它最令她引以为傲,并百般呵护)令人叹为观止:你不能把它比喻为桃子或者鲜花,而是恰恰应该反过来。她又像个十八岁的姑娘了,焕发出前所未有的魅力。每个人都看在眼里,她的女友们不无醋意地怂恿她赶快要个孩子吧。曾信誓旦旦称她不过是鼻子有点长的可爱女子的人士,也不得不承认他们看走了眼。用查尔斯第一次看见她时说的那个词来形容她最恰当不过了:她是位绝顶美人。

每一次交往他们都需要小心地谋划。他对她说他身材高大宽阔,太过惹人注目("我不准你瞎吹牛。"她轻声地打断他),不过这不要紧。但是为了她的缘故,他不想有任何闪失。他们单独相会的次数少得可怜,有时在古董店,有时午饭后趁着没人到她家里。这与他期望的相去甚远。她依然在很多正式场合见到他。他像对待任何人一样,以一贯热情的方式跟她攀谈。谁能想到现在他跟她插科打诨,不久之前他还把她搂在怀里呢。

她崇拜他。他打马球时身穿白色马裤,脚登漂亮的长筒靴,样子像个明星。身着网球服时他纯粹就是个年轻小伙儿。他的身材是她见过的最棒的,他引以为荣当然无可厚非。要知道为了保持体形他吃尽了苦头。他从不碰面包、土豆还有黄油,平时没少做锻炼。他对手指爱护有加,每个礼拜修剪一次指甲,令她颇为欣赏。他是位杰出的运动健将,前年方才得了地方网球冠军。他恐怕是她有幸遇到的最棒的舞者,跟他跳舞如坠梦境。没人会看出他有四十岁了。她对他说连她也不信他的年龄。

"那是十足的谎话。你肯定只有二十五岁。"

他哈哈大笑。这话让他颇为受用。

"呃,亲爱的,我的儿子都十五岁了。我已经人到中年。再过两三年,怕就成了个胖老头儿喽。"

"你一定越老越可爱。"

她喜欢他又浓又黑的眉毛。她怀疑要不是靠了这对眉毛,他的蓝眼睛的魅力一定大打折扣。

他才华横溢,弹一手好钢琴,连拉格泰姆爵士风格也信手拈来。讽刺歌唱得也蛮像样,音色圆润,笑趣迭出。她想不出有什么是他做不来的。工作上他如鱼得水,他曾给她讲过有一回他帮政府解决了棘手难题,博得总督大人亲临祝贺。她和他分享着这个荣耀。

"不是我夸耀,"他笑道,眼里充满对她的爱意,"部门里没人能做得再漂亮了。"

唉,那时她多希望她是他的妻子,而不是瓦尔特的。

17

当然了,瓦尔特应该并未逮到什么马脚。如果事实如此,顺其自然是最好的办法。假如他发现了,嗯,说到底对大家都是个解脱。刚一开始跟查尔斯幽会时,她虽然不愿意这样偷偷摸摸,至少也听之任之了。随着时间的流逝,她的激情愈加强烈,阻止他们长相厮守的那道障碍,再也让她受不了。他不止一次地悔恨,是他的身份束缚了他们俩,使他们的关系不能光明正大。要是他俩都是自由身,事情将会多么美妙。她明白他的意思,谁都不希望丑闻发生在自己身上。况且作出这样重大的决定之前,总该三思而后行。不过,倘若自由自己找上门儿来,事情就简单多了。

看上去谁也不会从这场变故中损失太多。她早看透了他和他妻子之间的关系。她是个冷漠的女人,这么多年来他们之间根本毫无爱情可言,是长久的习惯、生活上的便利和孩子还把他们留在一起。凯蒂这边要比查尔斯难一点。瓦尔特爱她,不过毕竟他的工作会让他分不开心,况且男人还有俱乐部可去。刚开始他会有点心烦意乱,不久就会挺过来的。谁也说不准他会不会再娶个妻子。查尔斯曾纳闷,瓦尔特·费恩用了什么高明手段,叫她甘心把下半辈子交给了他。

她奇怪自己刚才还怕瓦尔特看见了他们呢,这会儿脸上居然又笑了起来。门把手慢慢转动那一幕虽然挺吓人,不过瓦尔特能做什么呢?他们不怕他。查尔斯会像她一样如释重负,他们即将得到这个世界上他们最想要的东西。

瓦尔特是个绅士,这点她凭良心承认。他还爱她,他一定会显示出他的风度,同意跟她离婚。他们的结合是个错误,幸运的是现在发现还为时不晚。她想好了到时要跟他说的话以及事后两人的关系如何。她将做到平和,微笑,但态度坚定。他们没必要争吵。在此之后她依然乐意和他保持友好的往来。她衷心希望一起度过的两年时光会成为他弥足珍贵的回忆。

"多萝西·唐生不会在乎跟查尔斯离婚的。"她想,"现在她最小的儿子马上要回英格兰,她跟着一起回去会是个好主意。她在香港一点挂念也没有了。她会跟儿子们一起度假,然后搬到英格兰的父母家里去住。"

事情将会变得极其简单,不会有丑闻,结局将皆大欢喜。接着她就和查尔斯完婚。凯蒂长长地舒了一口气。快乐的日子即将来临,此前的担惊受怕是值得的。未来生活的画面一幅幅地呈现在她的脑海里,他们将会四处旅行,将会住进新的房子,他的仕途一帆风顺,而她将会是他得力的贤内助。他以她为荣,他是她的偶像。

但是在这些白日梦浮光掠影般一一闪现的时候,她的心底似乎朦朦胧胧潜藏着忧虑。这种感觉相当古怪,就好像一支管弦乐队在旋律声部由木管与弦乐谱写着牧歌般的田园曲,而鼓组却在低音声部隐约地敲击出不祥的节奏。瓦尔特迟早要回来的,一想到将要跟他碰面她就心跳加速。那天下午他话也没说就离开了,总让她觉得奇怪。她当然不是怕他,他做不出什么来的,她反复这样对自己说。然而心中的不安却很难完全驱散。她把要对付他的话又在心里重申了一遍。吵架将无济于事。她很抱歉,上天知道她不是故意叫他痛苦;她不爱他,对此她无能为力。假装没事儿也将毫无益处,不如直接告诉他真相。她希望他不要太难过,他们已经犯了一个错误,现在唯一明智的做法就是承认它。她会怀着好印象回忆他的。

她对自己默念了这些话,然而一阵突如其来的恐惧吓得她手心里冒出了汗。她还是害怕,这让她感到愤怒。要是他愿意闹,那他就要小心了。等他吃不消了可别见怪。她要告诉他,她从来也没关心过他,从他们结婚那天起她就后悔了,天天后悔。他是个老古董,让她厌恶、厌恶、厌恶!他自命清高,谁也比不上他,这太可笑了。他身上没有一点幽默感。她讨厌他孤芳自赏,讨厌他冷漠自制。要是一个人只对自己感兴趣,那自制就太易如反掌了。他令她感到恶心。他的吻让她无比厌恶。他凭什么那么自以为是?他跳舞跳得糟糕透顶,到了晚会上他尽会泼冷水,他既不会弹奏乐器也不会唱歌,他不会打马球,他的网球打得比谁都差。他会玩桥牌?谁稀罕桥牌。

凯蒂歇斯底里地在心里狂喊。叫他敢来责备她,一切全是他的错。他知道真相了,她谢天谢地。她讨厌他,永远不想再见到他。是的,都结束了,她万分感谢。为什么他不离她远点儿,他缠着她,最终她把自己嫁给了他,现在她受够了。

"受够了。"她大声地重复着,怒火使声音都颤抖了,"受够啦!受够啦!"

她听见汽车停在了花园的大门口。他上楼来了。

18

他走进了屋子。她的心脏跳得飞快,两只手直打哆嗦。幸运的是她斜躺在沙发上,手上拿着一本书,仿佛是在阅读。他在门槛那里停了一下,两人的目光接触到了一起。她心里一缩,忽然感到一股寒意掠过四肢,不禁全身抖动了一下。那种感觉就像人们常用来说自己无缘无故发抖的谚语:你躺在坟墓里,有人在你的坟上走来走去。他的脸色一片惨白。以前她只见过一次,他们坐在公园里他向她求婚的时候。他褐色的眼睛依然停滞迟钝,难以捉摸,却不自觉地比平时大。他全知道了。

"你回来得有点早。"她开口说道。

她的嘴唇不断地颤抖,差点连词儿也说不清了。她已经吓坏了。她担心自己撑不了多久就会昏过去。

"我想跟平常差不多。"

他的声音在她听来十分奇怪。他把最后一个字的声调故意向上挑,好像他只不过是随口一说,但一听就是装出来的。她忧心他有没有觉察到她的手脚正在发抖。为了不让自己尖叫出来,她已经使尽了最后一点力气。他终于垂下了目光。

"我去换件衣服。"

他走开了。她筋疲力尽,有一两分钟的工夫一动也动不了。最后她艰难地从沙发上坐起身,好像大病初愈似的,渐渐站住了脚。她也不管腿能不能撑住劲儿,用手扶着椅子、桌子,一步步把自己拖到走廊。接着一只手撑住墙,挪回自己的房间。她套上一件茶会礼服,等她回到起居室(只在开晚会的时候他们才到客厅去),他正站在桌子旁边,读着一份《简报》。她硬着头皮走了进去。

"我们可以下去了吗?晚饭准备好了。"

"让你久等了吗?"

嘴唇还是不听使唤地发抖,真是糟透了。

他会在什么时候谈呢?

他们坐了下来,有好长时间谁也没有说话。然后他开了口,说了句不合时宜的闲聊话,听来诡异极了。

"皇后号今天没到港,"他说,"我怀疑会不会因为风暴延期了。"

"应该今天到港吗?"

"是的。"

她看了看他,他的眼睛盯着盘子。他又说起了另外一个话题,还是一样琐碎,是关于一场即将举行的网球赛的。他半天也没停口。若在平常他的声调应该是清新悦耳、抑扬顿挫。现在他一直用一个调子,显然极其不同寻常。凯蒂觉得他要永远说下去似的。他的眼睛很少离开他的盘子,只是偶尔看向餐桌,有时往墙上的照片瞥一眼,但从来不向凯蒂那儿瞅。她悟出他是没有跟她对视的勇气。

"我们到楼上去好吗?"晚饭结束时他提议道。

"随你所愿。"

她站起身,他为她开了门。她从他身边走过,而他的眼睛一直低低地垂着。到了起居室,他又拿起了那份插画报纸。

"这份《简报》是新的吗?我好像没看过。"

"我不知道。我没注意过。"

那份报纸搁在那儿有两个礼拜了,她知道他已经读过不止一遍。他拿着报纸坐了下来。她靠到沙发上,捧起了她的书。倘在以前,晚上要是没有外人,他们会一起打库恩坎牌或者佩兴斯牌。他仰躺在沙发椅里,怡然自得地读着报纸,似乎被上面的插画深深吸引住了,但始终没有翻到第二页。她也想读几页书,然而眼前的字却模模糊糊,叫她分辨不清。她头疼得要命。

他要等到什么时候呢?

他们不声不响地坐了一个小时。她不再装作读了,把小说撂到腿上,凝视着书页上空白的地方。这个时候她不想弄出一点响动。他还是纹丝不动,摆着舒舒服服的姿势,瞪大眼睛盯住插画看个没完。然而,貌似平静中似乎潜藏着危险。凯蒂觉得他就像一只蓄势待发的猛兽。

他突然站起身来,把凯蒂吓得一惊。她抓紧了拳头,感到自己的脸都变白了。来了!

"我有些工作要做。"他用平静直板的声调说道,眼睛则回避着她,"如果你不介意,我这就回我的书房。等我做完你大概已经上床了。"

"今天晚上我确实很累。"

"嗯,晚安。"

"晚安。"

他离开了房间。

19

第二天一早她就迫不及待地给唐生的办公室挂电话。

"是我。怎么了?"

"我想见你。"

"亲爱的,我很忙。我是有工作的人啊。"

"这次很重要。我能去你办公室吗?"

"呃,不行。我要是你就不会那么做。"

"那,你来我这儿。"

"我脱不开身。今天下午行吗?你不觉得我现在最好不去你那儿吗?"

"我必须马上见你。"

声音停顿了一会儿,她担心会不会断线了。

"你在吗?"她焦急地问。

"在。我在思考。发生什么事了吗?"

"我在电话上说不来。"

听到他的回答之前,他又沉默了一会儿。

"好了,听着,一点钟的时候我有十分钟的时间见你。你最好去谷舟的店里。我会尽快赶过去。"

"古董店?"她惊惶地问道。

"嗯,香港饭店的休息室更不适合见面。"他答道。

她察觉到他的声音有点不耐烦。

"那好。我会去谷舟那里。"

20

域多利道到了,她跳下黄包车,上了个坡穿过一条狭窄的胡同,来到了古董店。她在店门口转悠了两圈,装作被橱窗里的小玩意吸引住了。站在门口招呼客人的小男孩立刻认出了她。他狡猾地一笑,对店里的人说了句中国话。店主从里面走了出来。他个子矮小,脸上又圆又胖,身着一件黑色长袍。他向她打过招呼之后,她匆匆地走到店里。

"唐生先生还没到。您先到楼上歇歇?"

她走到店的后边,爬上一段摇摇晃晃的昏暗的楼梯。那个中国人紧跟上来,给她打开了进到卧房的门。屋里很小,也不通气,弥漫着一股鸦片的刺鼻气味。她在一个檀香木的柜子上坐了下来。

不一会儿,她听见一阵沉重的脚步声,楼梯也跟着咯吱咯吱地响。唐生进了屋,随手把门关紧。刚进来时他脸色阴沉,一见到她立即换成了迷人的微笑。他一把将她搂在怀里,亲了亲她的嘴唇。

"现在告诉我出了什么事。"

"看见你我就好多了。"她微笑着说。

他坐到床上,点着了一根烟。

"你今天早上跟丢了魂儿似的。"

"那不奇怪。"她说,"我都不知道昨晚合没合过眼。"

他的眼睛看向了她。他的微笑没有消失,然而却好像走了样,显得极其不自然。她看出他眼里隐藏着焦虑。

"他知道了。"她说。

他短暂地停顿了一下,然后才说话。

"他说了什么?"

"什么也没说。"

"真的?"他紧紧地盯着她,"你怎么判断他知道了?"

"很多迹象。他的表情,吃晚饭的时候他说话的样子。"

"他很不高兴?"

"不。正好相反。他很有礼貌。结婚以来他第一次互道晚安的时候没吻我。"

她的眼睛看向了地板。她不知道查尔斯能不能懂。通常瓦尔特会用胳膊搂住她,然后把嘴唇贴到她的嘴唇上,亲好一会儿。他的身体随后会变得十分温柔,因为亲吻而激动不已。

"你觉得他为什么闭口不问？"

"我不知道。"

又是沉默。凯蒂纹丝不动地坐在檀香木的柜子上，神情焦急地望着唐生。他的脸再度陷入了阴沉，眉毛拧到了一起，连嘴角也撇到了一边。然后他猛地抬起头来，眼里放着狡黠的光。

"他要是说什么了才怪呢。"

她没做声。她还没明白他说的是什么意思。

"说到底，碰到这种事儿睁一只眼闭一只眼的人，他不是第一个。为这事儿闹翻了他能得到什么呢？他要是想闹的话，那天就会不由分说进房里来了。"他的眼睛闪着光，嘴角越咧越大，"我们刚才真像是十足的笨蛋。"

"你应该看看他昨晚的脸色。"

"我猜他很苦恼，这对他肯定是个打击。这种处境对哪个男人来说都很难挨。不过他一直都很蠢。瓦尔特不是那种敢把家丑外扬的男人。"

"我也觉得他不会。"她若有所思地说，"他太敏感了，我以前就发现了这一点。"

"目前来看情况对我们有利。你知道，设身处地从他的角度想一想，看看他会怎么做，你就知道该怎么做了。男人遇到这种处境只有一种保住面子的办法，那就是装作什么也不知道。我敢打赌这就是他的打算。"

唐生越说兴致越高，蓝眼睛里闪烁着光芒，他又是那个快活的他了。他的信心渐渐感染了凯蒂。

"上天作证，我不是故意说他不好听的话。不过你从根子上想一想，一个研究细菌的能有多大的分量。现在的机会是，等西蒙斯一走，我就将是布政司，瓦尔特要不要站在我这边事关他的前程。为了保住饭碗，他的想法肯定跟我们大家的都一样：殖民政府会收留一个闹出丑闻来的小子吗？相信我，他要是把嘴闭得紧紧的，就能保住现有的一切。要是他想撕破脸，那他的好日子就到此为止了。"

她别扭地挪了两下身体。她知道瓦尔特有多害羞，他害怕大吵大闹，他想过了这事儿一定会让大家的眼睛都盯着他。但是她不相信他会把饭碗这些世俗的东西看得有多重。或许她不是十分了解瓦尔特，但查尔斯对他的了解什么也谈不上。

"你有想过瓦尔特是真的疯狂地爱我吗？"

他没回答，只是微微一笑，眼睛调皮地望着她。这个表情对她来说太有魅力了。

"呃？接着说？我知道你要说点可怕的话出来。"

"嗯，你知道，女人常常自以为是地认为男人疯狂地爱上了她们。实际上他们没有。"

她终于露出了笑容，看来他的信誓旦旦起了效果。

"多么吓人的荒唐话。"

"我斗胆认为你近来并未怎么在意过他。或许他不如以前那样爱你了。"

"无论如何我也不会骗自己说你疯狂地爱着我。"她反戈一击。

"这一点你错了。"

哈，听到这句话简直叫她心花怒放。她知道他会这么说，她相信他说的是真话，这叫她心里暖融融的。说完他从床上站了起来，走到她的身边和她一起坐在檀香木柜上。他的胳膊扶住了她的腰。

"别再折磨你那个傻脑瓜了。"他说,"你尽可放心。我下一千个保证,他一定是假装没有过这事儿。你知道,这种事很难说的。你不是说过他爱你吗?可能他根本不想失去你。我敢发誓要是你是我妻子,不管出什么事我也会不在乎。"

她把身体靠向他,软软地倒在他的胳膊上。爱他对她来说几乎就是个折磨。但他的最后一句话不无道理。可能瓦尔特是爱她很深,他宁可忍下任何羞辱,只要她还在他身边让他爱她。她理解那种感受,因为她对查尔斯同样如此。她为自己的爱感到骄傲起来,同时也为一个男人可以如此低三下四地爱一个女人而愤然藐视。

她用胳膊深情地搂住查尔斯的脖子。

"你真行。刚来的时候我都要瘫在地上了。现在什么都叫你摆弄妥当了。"

他伸手捧住她的脸,亲了亲她的嘴。

"宝贝儿。"

"有你我才会这么安心。"她叹了口气。

"可以肯定你无须费神了。你知道你有我。我不会不管你的。"

她忧惧全消了,不过有一会儿她还有点遗憾,未来的蓝图成了泡影。危险尽管躲过了,可她倒希望瓦尔特一意跟她离婚。

"我知道我有你。"她说道。

"不出我的所料。"

"你不回去吃午饭吗?"

"呃,去他的午饭。"

他将她结结实实地搂过来,叫她在他的怀里动弹不得。他的嘴寻到了她的嘴。

"呃,查尔斯,快把我放开。"

"绝不。"

她快乐地笑了一声,他爱她,这是她的胜利。他的眼底燃烧着欲火。他抱起她的腿,将胸膛向她压得更紧。他闩住了门。

21

那个下午她把查尔斯对瓦尔特的评论思来想去。因为当晚有宴席要赴,他早早从俱乐部回来。她正在梳妆打扮,这时他敲了门。

"进来。"

他没有推门。

"我上来就为了换件衣服。你还要多长时间?"

"十分钟。"

他没再说什么,径自回自己的房间去了。他的声音跟昨晚一样,像是掐住喉咙说出来的。相反,她可是坦然多了。她在他之前就打扮完毕,等他下得楼来,她已经提早坐到车子里面去了。

"恐怕我让你久等了。"他说道。

"还好。"她答道,说话的时候她成功地面带着笑容。

车子开向山下的时候,她发表了一两项评论,但只得到了他草草的回应。她耸起了肩头,她的耐性也是有限度的,要是他意在表示愠怒，请他随便好了，她会奉陪的。剩下的旅程全部被沉默替代。宴会场面颇为壮观，人头攒动，菜式新颖。凯蒂兴高采烈地与邻桌攀谈，同时不忘了观察瓦尔特两眼。他脸如死灰，脸上的肌肉扭曲到了一起。

"你的丈夫看来不太自在。我猜测他应该不会忌讳这里的炎热。他是工作过于辛苦了吗？"

"他总是辛苦工作。"

"我推想你行将外出？"

"呃，不错。我想我理应和去年一样，去趟日本。"她说道，"医生说假如我不想香消玉殒的话，就避开这儿的酷暑。"

进餐的当儿，瓦尔特不像往常时不时投来微笑的目光，他始终没向她这边瞟过一眼。她记得上车那会儿他的眼睛就有意回避，等车门一开，他虽照旧绅士地擎起手臂挽她下车，然而却不敢用正眼看她。他正与两边的女士翘首交谈，脸上不但毫无笑容，还对她们投以一对死鱼一般从不眨巴的眼睛。那双眼睛可谓令人胆寒，在那张惨白的脸上俨然一对黑洞。他的表情像是冻结在了脸上，既严酷又苛刻。

"他可真是一位令人心喜神悦的聊伴儿。"凯蒂嘲讽地想。

几位命运不济的女士正想方设法维持与一张苦相脸的闲谈，想到这儿凯蒂就觉得好笑。

他显然已经知道真相，这一点是毋庸置疑的。他也必然对她心生怨怼，但是又为什么至今缄口不提？难道他是爱她太深，怕此事一旦闹开，她就可能离他而去，因此不惜忍下怨恨和伤痛？但这只会让凯蒂对他更加不敢高看，不过他毕竟身为自己的丈夫，膳食日用、住宿出行还都得靠他。但凡他不对她的事横加干涉，能叫她随心所愿，还是应该对他好点儿。但是话说回来，他闭了嘴也可能仅仅出于胆小怕事。查尔斯就说过，谈到害怕惹火生事之人，无人能与瓦尔特相比，这话怕是说到点子上了。开口发言对他来说能避则避。他就曾对她讲过，有一回被法庭传唤作为证人提供专家证词，害得他之前的一个礼拜没睡过一次好觉。他的害羞已经到了病态的地步。

除此之外还不能忘了男人都是爱面子的。这事如果没有传到别人的耳朵里，瓦尔特求之不得想要忘了它呢。接下来她还要揣摩一下查尔斯的另一番话：瓦尔特会不会为了饭碗而取悦查尔斯。不错，查尔斯是这块殖民地上最受欢迎的人，且不久就会荣任布政司。这个人对瓦尔特来说大有用处，要是把他的老底抖搂出来，恐怕不会捞到一点好处。想到有这样一位坚定、果敢的情人，她不禁为之陶醉。每当他强壮有力的手臂将她搂在怀里，她的身体就会顷刻变得绵软无力。男人们总是叫你捉摸不透，看看瓦尔特，无论如何也不会想到他会是个见风使舵、见利忘义的人，然而知面不知心。说不定他貌似庄重的外表之下隐藏着低贱卑劣的企图。她越想越觉得查尔斯的话有道理。这时她朝她的丈夫瞧了一眼，目光里没有一丝包容。

他身边的女士正巧在和另一边的邻座谈得火热，没人跟他搭腔。他呆呆地望着前面，似乎已经把晚会忘得一干二净。他的眼神看上去悲痛欲绝。这让凯蒂浑身一震。

22

第二天,她用完午餐后正在小憩,忽然被敲门声惊醒。

"谁呀?"她不耐烦地喊道。

这个时间还从没有人打搅过她。

"我。"

她听出是丈夫的声音,赶忙坐起身来。

"进来吧。"

"我打扰你睡觉了吗?"他边走进来边问。

"就事实而言是的。"她保持了这两天来已经习惯了的自然声调。

"你能不能到隔壁的房间来一下。我有些话要和你谈谈。"

她的心脏猛地收缩了一下。

"我先把晨衣套上。"

他离开了。她把光着的脚伸进拖鞋,捡起一件晨衣披上。她坐到镜子跟前,发现自己脸色苍白,便随手涂了涂口红。她站在门外待了一会儿,用尽力气为自己鼓劲儿,然后大义凛然地走了进去。

"这个时间你是编了什么幌子从实验室回来的?"她说道,

"这个点儿看见你可真稀奇。"

"你不坐下来吗?"

他的眼睛没有看她,说话的声音十分阴沉。她巴不得他叫她坐下,她的膝盖都有点儿发抖了。她也没再发表什么言论,因为她发现再将之前诙谐的谈吐继续下去已经很难了。他跟着她坐下来,点燃了一支烟。他的眼睛不停地四下张望,好像遇到了很大困难,始终开不了口。

他的眼睛忽然对准了她。他已经好久没有看她了,这一突如其来的直视让她猝不及防,差点让她叫出声来。

"你有没有听说过湄潭府?"他问道,"最近报纸上有很多报道。"

她惊讶地望着他,迟疑了一会儿。"是不是那个发生霍乱的地方?阿巴斯诺特先生昨晚谈起过。"

"那个地方发生了瘟疫。我想这是很多年来最严重的一次。那儿原来有一个教会的医生,三天前他因为霍乱死了。还有一个法国的女修道院帮忙救人,当然还有一个海关的人。其他的人都撤走了。"

他的眼睛始终一动不动地凝视着她,而在目光相触之后,她就再没勇气挪开了。她竭力地想从他的表情中看出什么,但可能是她的神经过于紧张,除了他少见的严峻之外,根本没看到别的。他哪来胆量一直那样看着她,连眼也不眨一下?

"修道院的法国修女已经尽其所能。她们已经把孤儿院改成了临时医院。但是人们还是跟苍蝇似的一个个死去。我已经提了申请,准备过去接手。"

"你?"

她尖声叫道。她立即想到如果他走了，那她就自由了，就可以不用担惊受怕地跟查尔斯见面了。然而她被这个想法吓了一跳，她觉得脸上忒的一下红了。他为何还那样看着她？她羞愧地把脸转向了别处。

"有必要吗？"她结结巴巴地说。

"那个地方连一个外国医生也没有。"

"但你不是医生，你是个细菌学家。"

"我是一个医学博士，你知道。我在专门研究细菌之前，曾在医院里做过很多日常医护工作。我首先是一个细菌学家，这更有利，这一次对我来说将是个难得的研究机会。"

他几乎是在粗鲁地对她说话。她看了他一眼，吃惊地发现他的眼神似乎带着嘲笑，这让她迷惑不解。

"可是这难道不危险吗？"

"非常危险。"

他微笑了，依然是古怪的嘲弄。她用一只手捂住了额头。这简直是自杀，除此之外没别的解释。她万没有想到他走了这一着，她必须阻止他，不然就太残酷了。不爱他并不是她的错啊，他不能为了她的缘故而动了轻生的念头。想到这里她的神经再也承受不了，泪水一珠珠地从脸上淌下来。

"你哭什么？"

他用冷淡的声调说。

"不是别人逼你去的，是吗？"

"对，我是自愿提出的申请。"

"别去，求你了，瓦尔特。要是出了事儿就太可怕了。要是你死在那儿怎么办？"

他脸上的表情依然冷漠,然而眼神里却闪现了讥讽的笑。他没有回答她。

"那个地方在哪儿?"

"你是说湄潭府?西江的一条支流正好经过它。我们先沿着西江逆流而上,然后再改坐轿子。"

"我们?"

"你和我。"

她电一般地看向了他。她怀疑自己是不是听错了。而他眼里的讥笑已经显露到嘴角上了,黑色的眼珠盯住了她。

"你希望我也跟你去?"

"我以为你愿意同往。"

她的呼吸骤然加快了。她感觉到一阵痉挛袭过她的身体。

"但是很显然那里不是女人应该去的地方。那个传教士医生几个礼拜前就把他的妻子和孩子送走了。牧师会会长夫妇刚到香港来,我在一个茶会上见过他夫人。我刚想起来她说过他们刚离开一个发生了霍乱的地方。"

"那里有五个修女。"

惊恐慑住了她。

"我不明白你是什么意思。如果我去那就是疯了。你知道我的身子有多弱不禁风。赫华德医生执意要我找个香港以外的地方避暑。这儿的炎热都够我受的,更别提霍乱。听一听我都会吓得神经错乱,去那地方不就等于自讨苦吃吗?我没有理由跟你去,我会死的。"

他没有做声。她望着他,陷入了歇斯底里的绝望之中,随时可能哭号起来。他的脸色变成了死灰色,她更加害怕起来。她从他的眼神里看到了憎恶。难道他想故意害死她吗?她狂暴地喊了起来。

"太荒唐了。如果你认为你应当去,那是你自己的事。你不要想拉上我。我厌恶疾病,那是一场霍乱啊。我不会硬装英雄,我可以坦白地跟你说我没有那个胆量。我应该一直待在这儿,时候一到我就启程去日本。"

"在我决意开始这场危险的旅行之时,我还以为你将愿意陪伴我。"

他是在公然地嘲笑她了。她被搞糊涂了,弄不清他到底是当真的,还是有意吓吓她而已。

"我认为如果我拒绝去一个和我毫无关系,同时我也帮不上忙的地方,谁也没有理由责怪我。"

"你会帮上很大的忙。你能鼓励我,也能安慰我。"

她的脸色越发地惨白。

"我不明白你在说什么。"

"我想理解这句话不需要多高的智力。"

"我不会去的,瓦尔特。你强求我去太无礼了。"

"这样的话我也无意再去。我这就收回我的申请。"

23

她一脸茫然地望着他。他的话越来越出乎她的预料,乍一听来几乎捉摸不透话中的含义。

"你到底在说什么?"她哽咽地说道。

她自己都觉得这话是明知故问。她看到藐视的表情挂到了瓦尔特严酷的脸上。

"我想你在把我当成一个大傻瓜。"

她一时语塞。到底是继续愤然坚称自己体弱无辜,无力前往,还是恼羞成怒,对他大加鞭挞,她还拿不定主意。他似乎看穿了她的心思。

"我已经拿到了足够的证据。"

她开始哭了,眼泪痛痛快快、毫不逗留地滚下来。她没有擦掉泪痕的意思,现在哭一会儿对她来说是个喘息的机会,她必须趁机稳住阵脚。然而她大脑里一片空白。他无动于衷地盯着她,她没料到他竟然丝毫不为所动。他不耐烦了。

"哭一点用也没有,这你知道。"

他的声调既冷漠又苛刻,这倒激起了她的愤慨。她的底气又回来了。

"我不在乎。我认为假如我提出离婚,你应该不会反对。对一个男人来说,离婚是小事一桩,算不得什么。"

"我可否冒昧问一句,为何我要遭受跟你离婚给我带来的麻烦?"

"这对你来说没什么不同。要你做出绅士之举并无过分之处。"

"我很关心你以后如何才能获得生活资助。"

"你这话是什么意思?"

"唐生要想娶你,自然需要和你采取同一步骤。但是对他来说,休掉他的妻子将是卑劣无耻之举。"

"你根本不知道自己在胡说些什么。"她喊叫道。

"你这个笨蛋。"

她为招致如此侮辱性的字眼儿气得脸都红了。大概是听惯了他平日的甜言蜜语、殷勤奉承,这就更叫她恼火。从前她若是发起脾气来,他准会乖乖地哄她。

"要是你想知道真相,那就随便你。他迫不及待地想要和我结婚。多萝西·唐生正巴不得离开他。等事情一完我们就结婚。"

"是他如此明白无误地告诉过你,还是你仅仅从他的举动猜测出来的?"

瓦尔特的眼神显然是在辛辣地挖苦。凯蒂也有点心神不安起来,查尔斯是否亲口对她表示过,她似乎没有十足的把握。

"他说过不止一遍。"

"他在说谎,你自己也知道他在骗你。"

"他全心全意地爱我,他爱我像我爱他一样深。既然你知道了,我不会再遮遮掩掩,全给你坦白出来。为什么不能讲出来呢？我们约会已经一年了，我为此感到骄傲。他就是我的一切，很高兴你终于知道了这一点。我们已经厌倦了偷偷摸摸、提心吊胆了。我嫁给你纯粹是个错误，我万不该如此，我太傻了。我一点也没关心过你。我们之间没有一丝一毫的共同之处。你喜欢的那些人叫我讨厌，你感兴趣的那些事叫我烦透了。谢天谢地，现在都结束了！"

他依然盯着她，身体连动也没有动一下，脸根本没有扭向别处的意思。他虽然专注地听着她的话，但脸上的表情没有变化，显然对她的话不为所动。

"你知道我为什么要嫁给你吗？"

"因为你不想落在你妹妹多丽丝的后面。"

他说对了，非常具有讽刺意味，这反而令她吃了一惊。现在，虽然她原本是惊恐和愤怒的，这句话却激起了她的一丝怜悯之情。他微微一笑。

"我对你根本没抱幻想。"他说道，"我知道你愚蠢、轻佻、头脑空虚，然而我爱你。我知道你的企图、你的理想，你势利、庸俗，然而我爱你。我知道你是个二流货色，然而我爱你。为了欣赏你所热衷的那些玩意，我竭尽全力，为了向你展示我并非是无知、庸俗、闲言碎语、愚蠢至极，我煞费苦心。我知道智慧将会令你大惊失色，所以处处谨小慎微，务必表现得和你交往的任何男人一样像个傻瓜。我知道你仅仅为了一己之私跟我结婚。我爱你如此之深，这我毫不在意。据我所知，人们在爱上一个人却得不到回报时，往往感到伤心失望，继而变成愤怒和尖刻。我不是那样。我从未奢望你来爱我，我从未设想你会有理由爱我，我也从未认为我自己惹人爱慕。对我来说，能被赐予机会爱你就应心怀感激了。每当我想到你跟我在一起是愉悦的,每当我从你的眼睛里看到欢乐,我都狂喜不已。我尽力将我的爱维持在不让你厌烦的限度,否则我清楚那个后果我承受不了。我时刻关注你的神色,但凡你的厌烦显现出一点蛛丝马迹,我便改变方式。一个丈夫的权利,在我看来却是一种恩惠。"

凯蒂从小养尊处优,只听得奉承话,从未遭遇过这样的混账说辞。她的胸口顿时升起无名的怒火,刚才的恐惧早已消失殆尽。她似乎哽住了,她感觉到太阳穴上的血管胀了起来,嘭嘭地跳着。虚荣心遭到打击在女人心里激起的仇恨,将胜过身下幼崽惨遭屠戮的母狮。凯蒂原本平整的下巴现在像猿猴一样凶恶地向前凸出。她漂亮的眼睛因为恶毒的情绪而显得越发黑亮。但是她没有发作出来。

"如果一个男人无力博得一个女人的爱,那将是他的错,而不是她的。"

"一点不错。"

他挖苦的腔调只会使她的怒火烧得更旺。不过她觉得此刻若按兵不动,将更能占据上风。

"我并非学历显赫,也非头脑聪慧。我仅仅是一个再普通不过的年轻女人。自幼至今,陪伴我的人喜欢什么,我也喜欢什么。我热衷于跳舞,爱打网球,喜欢看戏。我还对爱运动的男人情有独钟。一点不错,我早已经对你,还有你那些事厌烦透了。它们对我来说一文不值,我也绝无意愿将来让它们值。你拉着我在威尼斯的那些冗长乏味的画廊里转个没完,我宁可那时在三维治好好享受我的高尔夫球。"

"如我所料。"

"很遗憾我并未成为你期望的那种女人。而我不幸地发现你是那种天生不可亲近的人。对此你恐怕不能责怪我。"

"我绝无此意。"

如果瓦尔特大声咆哮，暴跳如雷，凯蒂将会易如反掌地掌控局势。她可以针锋相对，以牙还牙。然而他一直保持沉着冷静，简直是见了鬼了。这时她比以前任何时候都更恨他。

"我认为你根本不配做个男人。你既然知道我和查尔斯躲在屋里，为什么你不冲进来？你起码应当对他拳脚相向，你怕了吗？"

话刚说完她的脸就红了，她为话中所呈现的事实而感到羞耻。他默不作声，然而眼里露出鄙夷的神色，冰冷地看着她。接着，他嘴角一挑，微笑了起来。

"或许我像一位历史人物那样，因高傲而不屑动用武力。"

凯蒂一时无言以对，只得耸了耸她的肩膀。然而他的眼睛死死地盯住了她。

"我想该说的我都已经说了，如果你拒绝与我一同前往湄潭府，我将撤回我的申请。"

"你为什么不同意跟我离婚？"

终于，他将目光从她身上挪开了。他仰靠到椅子里，点燃了一根烟，一言不发，一直把烟抽完。然后随手扔掉烟蒂，微微地一笑，眼光重新回到了她的身上。

"如果唐生夫人乐意向我表明她将与丈夫离婚，同时他愿意在两份离婚协议书签订后的一个礼拜内娶你，我则会欣然同意。"

他的提议让她隐约地感到不安。然而自尊心令她绝无选择的余地，她庄严地接受了。

"你很是慷慨大方，瓦尔特。"

他突然哈哈大笑,叫她不禁吃了一惊。她面红耳赤,恼怒不已。

"你笑什么?我没看到这里面有任何好笑的东西。"

"请原谅我。我想我的幽默感有些异于常人。"

她紧锁双眉盯着他。她必须说出点儿刻薄、中伤的话来,然而她搜肠刮肚却毫无灵感。他看了看手表。

"要是你想在办公室见到唐生,那必须抓紧时间了。如果你最终决定随我去湄潭府,后天就得出发。"

"你是说今天我就得告诉他?"

"俗话说时光不等人。"

她的心跳忽然加快了。现在她感觉到的并不是不安,然而到底是什么,她也拿不准。她原本希望时间能更充裕一点,好叫查尔斯也有个准备。不过她对他信心十足,他爱她像她爱他一样深。查尔斯对离婚绝无二意,即便她对他的决心有半点怀疑,也是对他无耻的背叛。她庄重地转向了瓦尔特。

"我认为你根本不知道真正的爱情是什么。你没有想象过我和查尔斯如何不顾一切地彼此相爱。如果为了爱而不得不付出牺牲,我和查尔斯都会毫不犹豫。"

他不再说话,微一欠身,朝她鞠了一躬,目送她迈着高傲的方步走出了房间。

24

她写了一封短笺:"请与我见面,事情很急。"带着它她来到查尔斯的办公室外。一个中国男孩叫她稍等,过了一会儿他从里面走出来,说唐生先生五分钟之后就可以见她。她不明原因地紧张了一会儿,而后被请进了查尔斯的办公室。他走上前来同她握手,等男孩出去后,门一关上,屋子里就剩他们两个人,他和蔼可亲的面容立即消失了。

"我说,我最亲爱的,你怎么能在工作时间来这儿呢?我现在正忙得不可开交。再说咱们不能给人留下话柄。"

她漂亮的眼睛注视了他一会儿,然后她试图微笑一下,但是她的嘴唇似乎僵住了,怎么也笑不起来。

"不到万不得已我是不会来的。"

他微笑起来,拉过了她的胳膊。

"嗯,既然你已经来了,那就过来坐下吧。"

房间里没有什么装饰,也不算宽敞,不过屋顶很高。墙壁上粗陋地抹上了两道赤陶土的图案。屋内仅有的家具是一张大办公桌,一架唐生专用的转椅,还有一张供客人就座的皮质沙发椅。凯蒂坐在这张沙发椅上,感到浑身不自在。他坐在办公桌边,戴了一副眼镜。这还是凯蒂第一次见到他戴眼镜,以前她不知道他还用这东西。他注意到她在盯着自己的眼镜看,就把它摘了下来。

"只有在看书的时候我才用眼镜。"他说道。

她的眼泪情不自禁地流了出来,不明所以地就哭出了声。她不是有意装给查尔斯看,而是本能地想激起他的同情心。他一脸不解地望着她。

"出了什么事吗?呃,亲爱的,别哭了。"

她掏出手帕来把脸捂住,好让自己不再抽泣。他按了铃,等男孩到了门口候命,他走过去把门拉开。

"如果有人找我就说我出去了。"

"好的,先生。"

男孩关上了门。查尔斯坐到沙发椅的扶手上,伸出手臂搂住凯蒂的肩膀。

"现在,凯蒂宝贝儿,告诉我发生了什么事。"

"瓦尔特想要离婚。"她说道。

她感觉到搂着她的胳膊松开了一下。他的身体随即僵住不动了。屋子里一阵沉默,随后,唐生从她的椅子的扶手上站起身来,又坐回到自己的转椅里去。

"你说的究竟是什么意思?"他问道。

他的声音有些嘶哑,她马上看了他一下。他的脸色隐隐发红。

"我和他谈了一次话。我是直接从家里跑过来的。他说他手里有他想要的证据。"

"你没承认吧,啊?你什么也没承认吧?"

她的心一沉。

"没有。"她答道。

"你真的没有承认?"他目不转睛地盯着她说。

"真的。"她再次撒了谎。

他靠到椅背上,眼睛茫然地望着对面墙上挂着的一张中国地图。她焦急地看着他,他对这个消息的反应出乎了她的意料。她起初以为他会把她搂到怀里,告诉她谢天谢地,他们终于可以光明正大,永不分开了。不过男人们常常是很有趣的,故意让你拿不准主意。她轻轻地哭着,这次不是为了赢得同情,按情形应当是天经地义的了。

"我们麻烦了。"良久之后他开口了,"但是自乱方寸也毫无益处。哭现在对我们是没用的,这你知道。"

她发觉他的声调里有些许的恼火,便马上擦干了眼泪。

"那不是我的错,查尔斯。我也无能为力啊。"

"你当然无能为力。只怪我们的运气真见了鬼了。要是怪你,那我也一样逃不了干系。现在我们要做的,就是想办法把这事儿平息。我想你跟我一样绝对不想离婚。"

她倒吸了一口凉气,眼睛锐利地看向了他。但他的心思全然不在她那里。

"我在想他所谓的证据是什么。我想他很难证明当时我们都在那间屋子里。毕竟该小心的地方,我们都小心了。我可以确信古董店的老头儿不会出卖我们。即便瓦尔特目睹我们进了古董店,也没有理由说我们不是在一起淘些古玩。"

与其说他在跟她说话,不如说他是在自言自语。

"织罗罪名容易,证明起来就难了。碰着哪个律师都会这么跟你说。我们只有一招,矢口否认。要是他威胁说法庭上见,那我们就告诉他见鬼去吧,我们奉陪到底。"

"我不能上法庭,查尔斯。"

"为什么不去呢?我恐怕你得去。上天作证,我也不想闹得沸沸扬扬,但是这事儿我们不应甘心忍受。"

"为什么我们非要否认呢?"

"多怪的问题。呃,毕竟,这事儿不仅牵涉到你,我也一样有份儿。但是说到底,我认为你不必为此担心。我们一定能设法收买你丈夫。我唯一担心的是怎么找出最好的办法来着手此事。"

他似乎意识到了什么,把脸朝她转过来,露出了魅力十足的微笑,刚才还是生硬冰冷的语调,也变得慈爱可亲起来。

"我恐怕你是吓坏了,可怜的小女人。对你来说这太糟了。"他朝她伸出手臂,搂住了她。"我们陷入了困境,但是毫无疑问我们会摆脱的。这不是……"他停住了,凯蒂怀疑他要说的是这不是他第一次化险为夷了。"最重要的是保持冷静的头脑。你知道我从来不会让你失望。"

"我不是害怕。他做什么我并不在乎。"

他的微笑没变,但似乎有些勉强。

"要是事情到了不可收拾的地步,我会上告总督大人。无疑他会对我大发雷霆,但他是个口硬心软的人。他历经的世事颇丰,一定会帮我平息这件事。要是出了丑闻,他的脸上也不好看。"

"他能怎么做?"凯蒂问道。

"他会给瓦尔特施加压力。如果他不能利用他的野心加以笼络,他就会拿他的责任感压服他。"

凯蒂吃了一惊。她担心查尔斯根本就不会明白事情的严重性。他还在自作聪明,这让她颇感焦急。她很后悔来办公室里见他。这里的环境使她怯手怯脚。要是她搂着他的脖子缩在他的怀里,那么她就可以把想说的话尽情地讲出来。

"你不了解瓦尔特。"她说。

"我知道每个男人都要顾及自身的利益。"

她全心全意爱着查尔斯,但是他的回答叫她不知所措,因为这似乎不是一个聪明男人应该讲出来的话。

"我觉得你还没意识到瓦尔特有多愤怒。你没看过他那张脸,还有他的眼神。"

他停了一会儿没有回答,只是面带轻微的笑容瞧着她。她猜到他的脑子里在想什么。瓦尔特身为一个细菌学家,在政府机构里地位不高,绝对不敢轻易给殖民地高级官员惹麻烦。

"查尔斯,你是在自欺欺人。"她殷切地说道,"万一瓦尔特决心上法庭,你、我还有大家都知道,要想一点影响也没有是不可能的。"

他的脸再次阴沉下来。

"他是故意想要我出丑?"

"一开始是的。最后我想办法让他同意跟我离婚。"

"呃,好,看来还不是很糟。"他的神情松弛了下来,她看到他的眼神如释重负。"在我看来这是一条理想的出路。不管怎样,男人们总还会有这一招可以用。要想给自己台阶下,也只能这么干。"

"但是他有条件。"

他向她投去询问的目光,同时似乎若有所悟。

"我虽然不算是有钱人,但是我会想办法满足他的价码。"

凯蒂沉默了。查尔斯的每一句话都在她的意料之外,而且都叫她无言以对。她本来希望倒在他的甜蜜的怀抱里,脸颊发烫地依偎在他的胸前,然后一口气把实情告诉他。

"他同意跟我离婚,条件是你的妻子保证她也和你离婚。"

"还有呢?"

她发觉很难开口。

"还有……这很难讲,查尔斯,听起来很不可思议……如果你承诺在离婚协议书生效后一个礼拜里娶我。"

25

他沉默了片刻,然后重新拉过她的手,温柔地握住。

"你知道,宝贝儿,"他说道,"不管发生什么,我们都不应该把多萝西也扯进来。"

她茫然地望着他。

"但是我不明白。怎么能不扯进来?"

"嗯,在这个世界上,我们不能光为自己着想。你知道,有些事情具有同样的分量。我乐意跟你结婚,这胜过一切。但这却是不可能的。我了解多萝西,不管怎样她也不会和我离婚的。"

凯蒂惊恐万状,她又开始哭了。他从椅子里站起来,坐到她的旁边，一只胳膊搂住她的腰。

"别再让这个烦扰你了，亲爱的。我们必须保持清醒。"

"我以为你爱我……"

"我当然爱你。"他柔声地说，"对此我不准你有一点疑问。"

"要是她不愿意跟你离婚，瓦尔特就会让你身败名裂。"

等了很长时间他才重新开口，声音显得沙哑干涩。

"当然，那可能会毁了我的前程。但我更担心的是你也将从中受到伤害。如果事情到了不可挽回的地步，我会向多萝西一五一十地坦白。她会遭受打击，伤心欲绝，但是她会原谅我。"他心生一计，"快刀斩乱麻，这可能会是个好主意。如果她愿意去和你丈夫谈一谈，我可以确信她会说服他收好舌头。"

"那是不是说你不想跟她离婚？"

"呃，我也得为我的孩子们想一想，不是吗？而且老实说，我也不想让她伤心。我们的关系一直相当融洽。在我看来，她堪称贤妻良母，这你知道。"

"我记得你告诉我她在你眼里根本不值一提。"

"我从未说过。我只是说我不爱她。我们已经好多年没一起睡过觉了，除了偶尔为之，比如圣诞节，还比如她回英格兰的前一天，还有她刚回来的时候。她不是热衷于那种事的女人。但是，我们是极好的朋友。不怕告诉你，我十分依赖她，这超过任何人的想象。"

"你不觉得当初别去碰我更为明智吗？"

当惊恐几乎令她窒息的时候，很奇怪她还能保持如此平静的声调。

"你是我多少年来见过的最可爱的小东西。我无所顾忌地爱上了你。你不能为此责怪我。"

"但是无论如何,你说过你永远不会让我失望。"

"唉,上帝呀,我并不想让你失望。我们现在的困境相当险恶,我现在要想尽一切办法让你摆脱出来。"

"除了那个显而易见的办法。"

"亲爱的,你必须理智。我们必须诚心地面对现实。我不想伤害你的感情,但是我必须告诉你事实。我对我的事业倾尽所有。谁也不敢说有朝一日我不会当上总督。殖民地总督是多么叫人神清气闲的职位。除非我们把这件事压下去,否则我一点机会也没有。虽然我可能不会因此黯然离开官场,但我身上将永远背着这个污点。如果我离开了官场,我就只能在中国这个地方经商赚钱,只有这里我最熟悉。但是不论哪种情况,我的选择都将是让多萝西陪在我的身边。"

"当初你有必要告诉我这个世界上除了我其他的你都不想要吗?"

他的嘴角冷冷地垂了下去。

"呃,亲爱的,当一个男人爱上了你,他说的话是不能字字当真的。"

"你根本就没当真?"

"当时我是真心的。"

"那么如果瓦尔特跟我离了婚,我将会怎么样?"

"假如我们已穷心尽力,但依然事与愿违,我们也只能听天由命了。这事绝不会满城风雨的,如今世风坦荡,少有人会说三道四。"

她第一次想念她的妈妈。她打了个寒战,又看向了唐生。此时她不仅痛苦,又多了一分对他的怨恨。

"看来要是换成你来尝尝我要受的苦,你恐怕连眼睛也不会眨一下。"她说道。

"如果我们只会这样相互冷嘲热讽,就不要希望事情有什么进展了。"他回答说。

她悲痛欲绝地哭了起来。她一心一意地爱他,而此时此刻却对他满腹怨艾,这太骇人了。他根本不知道他对她意味着什么。

"呃,查尔斯,你不知道我有多爱你吗?"

"别这样,亲爱的,我爱你。但是我们并非生活在一个荒无人烟的小岛上,我们还有社会关系束缚着。你需要理智一点。"

"我怎么理智得起来呢?对我来说爱情就是一切,你就是我的全部。可它对你来说竟然只是一个小小的插曲,这我怎么受得了?"

"它当然不是一个插曲。但是,如果你要我以毁掉我的前程为代价,离开一直十分信赖的妻子,然后和你结婚,这实在超乎我的想象。"

"如果是我,我就会愿意。"

"你和我的情况有着天壤之别。"

"唯一的差别是你不爱我。"

"一个男人深深地爱一个女人,并非意味着他就希望下半辈子和她共同度过。"

她的眼睛迅疾地看向了他。她彻底绝望了,大颗的泪珠从脸颊上滚下来。

"呃,太残忍了。你怎么能这么没有心肝?"

她歇斯底里地抽泣起来,吓得他赶紧朝门口瞅了一眼。

"我亲爱的,别这样,你要控制自己。"

"你不知道我有多爱你。"她喘了一口气说,"没有你我活不下去。你对我就没有一点怜悯吗?"

她再也说不下去了,一心一意地哭号起来。

"我绝非无情无义,上天作证,我不是想伤害你的感情,但是我必须告诉你真相。"

"我的生活全毁了。为什么你就不能离我远点儿别追求我?我到底哪里得罪你了?"

"如果光是责备我会对你有好处的话,那你就随便吧。"

凯蒂一怒而起。

"是不是我当初对你投怀送抱了?是不是你不接受我的爱,我就会让你永无宁日了?"

"我没那么说。但是有一点我可以肯定,如果不是你清楚地向我暗示你想和我上床,我是做梦也没有想过的。"

呃,多么羞耻啊!但是她知道他说的是真的。他此时脸色阴沉,焦虑不安,两只手不自在地胡乱动着,时不时地向她投来烦躁的目光。

"你的丈夫会不会原谅你?"过了一会儿他问道。

"我没问过他。"

他下意识地攥了攥拳头。她看到他像要大声发作,但只是动了两下嘴唇,又压下去了。

"你最好再去跟他谈谈,看看他会不会大发慈悲。要是他真如你所说的那么爱你,他必然会原谅你。"

"你太不了解他了!"

26

她揩干了眼泪,试图使自己镇定下来。

"查尔斯,如果你不管我,那我就会死。"

她寄望于激起他的怜悯之心了。她其实早就应该跟他坦白。在她刚把她面临的生死抉择告诉他时,她就该把这个撒手锏抛出来。这样他的宽宏大量,他的正义感,他的男子气概必然全都被激发出来,准会深明大义地先为她的危险处境着想。呃,现在她是多么渴望他甜蜜而有力的臂膀啊!

"瓦尔特想让我去湄潭府。"

"呃?那地方可是发生了霍乱啊,五十年来最严重的大瘟疫。那儿可不是女人该去的地方。你不能去那儿。"

"如果你不管我了,那我别无选择,只能去那儿。"

"你这话是什么意思?我没有听明白。"

"瓦尔特马上要顶替已经死了的教会医生。他想叫我跟他一起去。"

"什么时候?"

"现在。马上就要走。"

唐生站了起来，把他的椅子向后推开，迷惑不解地看着她。

"或许是我头脑愚钝，我似乎无法理解你刚才的话。如果他本意是要你陪他去那个地方，那离婚又是怎么回事？"

"他要我从两个里面选择一个。或者我去湄潭府，否则他就要上法庭。"

"呃，我明白了。"唐生的声调有了微妙的变化，"我现在觉得他倒是勇气可嘉，你觉得呢？"

"勇气可嘉？"

"呃，对他来说，到那儿去就是进行他见鬼的冒险。我可从来不敢想。当然了，等他回来的时候，他就万无一失地受领圣迈克尔和圣乔治勋爵的称号了。"

"但是我怎么办，查尔斯？"她痛不欲生地叫道。

"嗯，如果他的意思是叫你同去，在目前的情况下，我看不出你有理由拒绝。"

"去就是死啊。我肯定会死的。"

"呃，没有的事儿，纯粹是夸大其词。要真是这样，他不会忍心带你去的。你所受的危险不会比他大。现实点儿说，你只要处处加点小心，一定会平安无事。我刚到香港那会儿，这儿不也正闹霍乱吗？结果我连一根头发也没伤着。关键是千万不要吃没煮熟的东西，别碰不干净的水果和沙拉，其他的也是一样。还有注意一定要喝开水。"他越说劲头越足，滔滔不绝地没完没了。阴沉消散了，变成了专心致志，后来以至于心胸通畅，轻松愉快了。

"毕竟这是他的本分工作，不是吗？他的兴趣就在那些虫子上。你替他想一想，这对他来说是个千载难逢的机会哩。"

"但是我呢，查尔斯？"她重复了一次，声音不再是痛苦，而是惊诧不已。

"嗯,要想理解一个男人的想法,最好的办法是设身处地从他的角度考虑。在他看来,你就像一个到处淘气的小鬼头,他现在要把你带回到安全的地方去。我一直认为他无意离婚,他从来没有留给我那种印象。但是他作出了宽宏大度的决定,而你拒绝接受,这必定让他感到失望。我不是想责怪你,但是看在我们大家的分上,你应该再把这事儿考虑考虑。"

"但是你不明白那会杀了我吗?你没看出他带我去是因为他本来就知道我去了就是死吗?"

"呃,亲爱的,别说傻话了。我们现在的处境是相当棘手的,不是无中生有、乱发感慨的时候。"

"你根本就没有打算这样想过。"她的心阵阵作痛。痛苦加上对死的恐惧,几乎让她尖叫起来,"你不能眼看着叫我去送死。即使你不爱我,你也不可怜我,可你总应该有一个正常人的感受吧?"

"我认为对我下此评论是言过苛刻的。就我的理解,你的丈夫已经作出了英勇而慷慨的表率。他已经决意原谅你,如果你给他这个机会的话。他会带你走,而这个机会将是在数个月内,你不再是那个无人照看的淘气小鬼。我不必夸大其词说湄潭府是一处疗养胜地,我所去过的中国城市没有一个能够享此雅号。但是你不能因此就对它心生恐惧。事实上,你这样反而是犯了最大的错误。我相信,在一场瘟疫中,因为恐惧而死去的人不比因为疾病死去的人少。"

"但是我确实害怕啊。瓦尔特一提到它的时候,我差点晕了过去。"

"刚开始的时候我相信你会吓一跳,但是等你能够平静地面对它时,你就不会有事了。那是一种不是每个人都能有的经历。"

"我还以为,我还以为……"

她痛苦地犹疑不定。他不再说话,脸色又一次阴沉了下来,直到现在凯蒂才明白那张脸是因何阴沉。凯蒂不再哭了。她的眼泪已经哭干了,心情变得异常地平静。她的声音虽然很低,但是语调坚定平稳。

"你是希望我去喽?"

"除此之外别无选择,不是吗?"

"是吗?"

"我想不告诉你是不公平的,如果你的丈夫最终到法庭提请离婚,并且胜诉,届时我也将无意和你结婚。"

他似乎等待了一个世纪之久才听到了她的回答。她慢慢地站起了身。

"我认为我的丈夫从未真想将此事闹到法庭。"

"以上帝的名义,那你为什么拿这个来吓我呢?"他问道。

她冷冷地看着他。

"他知道你会弃我不顾。"

她沉默了下来。她模糊地意识到了什么。这就像在学习某种外国话的时候,读完一页文章你却根本不知所云;直到一个单词或者一个句子启发了你,使你冥思苦想的脑瓜灵光一现,似乎明白了整篇文章的意思。她模糊地领悟到了瓦尔特的阴谋——如同夜里处于一片黑暗阴霾之中的景物,被一道闪电照亮,继而又重新回到黑暗当中。她被她在那一瞬看到的东西吓得全身发抖。

"他之所以做此威胁,仅仅因为这会把你逼上绝路,查尔斯。我非常奇怪他对你的判断竟然如此准确无误。让我在残酷的事实面前幡然醒悟，这的确是他的风格。"

查尔斯低头瞅向了桌上铺的一张吸墨纸。他的眉头微微皱了起来，嘴唇紧紧地闭拢着，什么话也没说。

"他明白你爱慕虚荣，胆小怕事，自我钻营。他是叫我自己用眼睛来看清你。他知道你一定会狗急跳墙。他知道我一直以为你爱着我，其实是我犯的愚蠢的错误。他知道你除了自己根本不会爱别人。他知道你为了保全自己，会毫不怜惜地牺牲掉我。"

"倘若对我施以谩骂能使你心满意足，我想我无权抱怨。女人从来都是褊狭的，在她们眼里，男人永远是错的一方。其实另外那一方也并非一身清白，无可指摘。"

她丝毫不理会他插的话。

"现在他知道的我也全知道了。我知道你冷漠无情，没心没肝。你自私自利到了言语无法描述的地步。你胆小如鼠，谎话连篇，卑劣可鄙。而可悲的是……"她的脸因痛苦而骤然扭曲了起来，"可悲的是我还在全心全意地爱你。"

"凯蒂。"

她苦笑了一声。他叫她的声音多好听啊，柔声柔气，自然而然地倾口而出，可全是屁话。

"你这个蠢货。"她说。

他退后了一步，她的话搞得他面红耳赤，恼火不已。他拿不准她这是什么意思。她瞥了他一眼，眼神好像在故意戏谑他。

"你开始讨厌我了，是不是？嗯，讨厌我。现在那对我无关紧要了。"

她戴上了手套。

"你准备怎么做?"他问道。

"呃,别担心,不会伤到你一根毫毛的。你将会安然无恙。"

"看在上帝的分儿上,别再用那种腔调说话了,凯蒂。"他回应道,低沉的声音显得焦急万分,"你必须明白事关于你也关于我。我现在对事情的发展非常不安。你回去怎么对你丈夫说?"

"我会告诉他,我准备和他去湄潭府。"

"也许一旦你同意了,他就不会强求你去了。"

他刚说完,她便带着一脸古怪的表情看了看他。他一时摸不着头脑。

"你不害怕了吗?"他问她。

"不了。"她说,"是你给了我勇气。深入霍乱疫区将是一次绝无仅有的经历,如果我死了……嗯,那就死喽。"

"我是一直一心一意想对你好的。"

她又看了看他,再次泪如泉涌,她的内心被某种情绪胀满了。她几乎情不自禁地又想扑到他的胸膛上,疯狂地亲吻他的嘴唇。然而这都无济于事了。

"如果你想知道,"她说道,竭力地不让自己的声音发抖,"我想我一去必定不会活着回来了。我非常害怕。我不知道瓦尔特那个深不可测的脑袋怎么想,我是因为恐惧而发抖。但是我想,死或许的确是一种解脱。"

她觉得再耽搁一会儿她的神经就会崩溃了,随即起身快步地朝门口走去。他还没来得及从椅子旁挪出来,她已经关上门走了。唐生长长地出了一口气,现在他最想要的是白兰地和苏打水。

27

她回到家的时候瓦尔特还在。她原想直接回到自己的房间里去,但是瓦尔特就在楼下的客厅里,正向一个童仆吩咐着什么话。她已经心灰意懒,不怕再遭遇一次必定会来的羞辱。她停了下来,面朝着他。

"我会跟你去那个地方。"她说。

"呃,很好。"

"你要我什么时候准备妥当?"

"明天晚上。"

他心不在焉的腔调像利矛一样刺痛了她。她忽然不知哪儿来的勇气,说了一句自己都感到吃惊的话。

"想必我只需带些避暑的衣物,再置备上一套寿衣就齐全了,不是吗?"

她观察着他的表情,知道这句轻佻的话把他激怒了。

"你需要带什么东西,我已经跟你的佣人说过了。"

她点了点头,上楼回房间去了。她太虚弱了。

28

他们终于快要抵达目的地了。这些天来,他们被轿子抬着,在一条狭窄的堤道上没日没夜地行进,两旁是一眼望不到边儿的稻田。拂晓时分他们便打点行装出发,直到中午的酷暑使他们不得不停下来,钻进路边的一家小店里歇歇脚。稍坐片刻便得马上启程,赶在太阳下山之前抵达一个小镇,按照计划这个小镇就是他们的过夜之处。凯蒂的轿子走在最前头,瓦尔特紧随其后。在他们身后是一排挥汗如雨的苦役,他们负责背负寝具、日用家什和瓦尔特的研究器械。凯蒂对乡村的风光不屑一顾。在这漫长的旅程中,发生在查尔斯办公室那伤心的一幕在她心里翻上倒下折磨着她。一路上很少听到有人说话,也就是哪个搬运工偶尔冒出一两个词儿,要么就是谁扯开了喉咙唱段小调。她把她跟查尔斯的对话从头到尾回忆了一遍,悲哀地认为他们进行了一场沉闷乏味而又无情无义的谈话。她准备一吐而快的话一句也没说出来,原本惹人爱怜的话腔儿也不见了。要是她能够让他相信她有多爱他,有多渴望他,有多需要他,他一定怜香惜玉,不至于弃之不管。她当时是被吓蒙了,当他的话明白无误地表明,他根本不想管她时，她都怀疑自己是不是听错了。这也可以解释她当时为什么没有大哭大号，她俨然已经吓坏了。从那时起她悲苦地暗自流泪，从来也没停过。

如果是晚上在客栈里过夜，她和瓦尔特同住一间上等客房，她的丈夫全无睡意地躺在离她几步远的行军床里，她就会用牙咬住枕头，不让自己哭出一点声音。到了白天，由于有轿子的纱帘挡着，她会肆无忌惮地流她的眼泪。她所感受的痛楚是如此剧烈，以至于她随时想撕破嗓子尖叫起来。她从没想过原来一个人可以遭受如此惨烈的苦难，她绝望地自问究竟是什么错事叫她遭此报应。查尔斯为什么不爱她，这令她百思不得其解。根据她的猜测，应该是她犯了什么错。然而她已经使出浑身解数来百般讨好他了。他们在一起时一直甜蜜融洽，欢声笑语。他们不仅仅是情人的关系，还是至密的朋友。她不明白。她的心已经碎了。她告诉自己她恨查尔斯，瞧不起他。但是一想到这辈子再也见不到查尔斯，她可还怎么活。要是瓦尔特带她来湄潭府是为了惩罚她，那他就失算了。如今她心如死灰，还有什么可怕的呢？她是一刻也活不下去了。然而倘若在二十七岁的芳龄就香消玉殒，似乎也太残酷了。

29

汽船沿着西江逆流而上的时候,瓦尔特一刻不停地读他的书。到了吃饭的时间,他会尝试跟她闲聊两句。他说的都是无关紧要的琐碎小事儿,就好像她是和他旅途邂逅的一位从未谋面的女士。凯蒂觉得他开口仅仅是出于一位绅士的礼貌,或者是故意提醒她,他们之间隔着一道不可逾越的鸿沟。

她回想起她顿悟了瓦尔特的阴谋的那一刻。当时她告诉查尔斯,瓦尔特之所以让她在离婚和远赴疫区之间二者择一,目的就是叫她看清他冷漠、胆小、自私的真面目。现在她更确信无疑了,这种把戏只有骨子里都爱嘲讽的瓦尔特才想得出来。他早已算计好了事情的结果,在她回来之前他就已经把她的佣人吩咐妥当,这就是一个证明。那时她在他的眼神里看到了鄙视,不仅是对她的,还有对她的情人的。或许他会对自己说,如果他是唐生,即便她最鸡毛蒜皮的要求他都会不顾一切地给予满足。她知道这也一点不假。可是,她已看清了唐生的真面目,他怎能还拿这样骇人听闻的事来吓唬她?起初她以为他只是跟她闹着玩的,等到他们真正出发之后,不,应该是更晚一点他们上了岸、坐上轿子、走到土路之后,她以为他会对她浅浅一笑,对她说其实她用不着来。她猜不透他脑子里到底怎么想的。他肯定不是有意想叫她死,他那么爱她。现在她已经知道爱情的感觉,回忆起来他爱她的证明太多了。对他来说——套用一句法国谚语——可谓为她欢喜为她忧。他现在不再爱她了吗?应无可能。你会因为受到无情的伤害就停止爱一个人吗?况且她给他的伤害远比不上查尔斯给她的。要是查尔斯重新向她发出召唤,她会无所顾忌地回到他的怀抱,虽然现在她知道他是什么样的人。她爱他,哪怕他曾经出卖了她,抛弃了她,哪怕他再对她冷漠无情。

开始她以为时间一长瓦尔特就会原谅她。然而凭她的魅力让这事儿说过去就过去,她还是过于自信了一点。大水也浇不灭爱火,如果他爱她就迟早会心软的,还会无法自拔地继续爱下去。然而关于这一点她不是那么确信了。晚上他坐在客栈的直背黑木椅上读书时,马灯的灯光打到他的脸上,她得以细细地观察他。她正躺在一张简陋的小床上,光线照不到她,不必担心被他发觉。他脸上平削的线条使他的神情显得十分严峻,这张脸上要想挤出甜美的一笑,实在是不可能。他心平气和地读着书,好像她根本不存在。她看到他翻了一页,目光在书页上来回地游移。看来他没有胡思乱想。等到桌子摆好,晚饭端进来时,他收起了书,朝她看了一眼(他根本没有意识到在灯光的映照下,他的表情异常地醒目)。那是嫌恶的一瞥,把她吓得魂飞魄散。是的,她太惊惧了,难道他的爱情已经消失了吗?难道他真的预备害死她?那是荒谬的,那是疯子的行为。瓦尔特可能已经疯了,这个诡异的想法叫她不禁颤抖了一下。

30

　　长久也不做声的轿夫们突然喧哗起来,其中一个还对着她说了一句话,手里比画着想要引起她的注意。她听不懂他说的是什么,但是顺着他的手势望去,她看到山坡上耸立着一座牌坊。上岸之后她见过不少类似的牌坊,现在她知道它们是为某位祈人多福的贤人或者贞节寡妇建的。不过这一座有些与众不同,它在逐渐西沉的太阳前面形成了一道美丽的剪影。然而不知怎的,它却给她一种不祥的预感。它似乎具有某种特殊的意义,然而具体是什么她却说不上来。它矗立在那儿,是一种隐隐约约的威胁,抑或对她的嘲笑?他们走进了一片竹林。成片的竹子不知为何歪长着,全向堤道上斜压下来,似乎要拦住她的去路。夏天的傍晚一丝风也没有,那些翠绿的细长竹叶却好像在微微地摇动,似乎竹林里藏着什么人,正注视着她经过似的。他们终于走到了山脚下,稻田到这里就没有了。轿夫们来回地绕弯,因为山上布满了长着野草的土包。它们一个一个紧紧地挨在一起,乍一望去就像退潮之后沙纹遍地的海滩。她知道这是一块什么地方,每到一个人口密集的城镇,进城之前和出城之后,她都要经过这样的地方。这是一片坟场。现在她明白轿夫为何要她看山顶上的那座牌坊了,他们的目的地已经到了。

他们走到了牌坊底下,轿夫们停了下来,把轿竿从肩膀的一侧换到另一侧。其中一名轿夫扯出一条肮脏不堪的毛巾,揩了揩脸上的汗。前面的堤道蜿蜒迂回,但已经是下坡了。路的两边散落着几处房屋,全都破败不堪。天已经黑了。轿夫们突然兴奋地彼此议论起来,还一下子跳到房子旁边,紧贴到墙根儿底下。凯蒂被他们吓了一跳,过了一会儿她明白了是什么引起他们的慌乱。他们站在那里窃窃私语的时候,四个农民抬着一口新棺材无声无息地从他们身边匆匆走过。那口棺材还没来得及上漆,新劈的木板在越来越浓的夜色之中白得发亮。凯蒂感到她的心脏猛烈地撞击着胸口。送葬的队伍过去了,轿夫们依然伫立不动,似乎难以下定决心继续赶路。然而身后传来一声吆喝,他们这才匆忙过来抬轿,但是一个个都沉默不语。

他们又走了几分钟的工夫,接着拐了一个大弯儿,在一扇敞开的大门前停了下来。轿子稳稳地放下了,她到了。

31

这是一座平房,她径自来到了客厅。等她坐下,苦役们正搬着一件件东西走进院子里来。瓦尔特留在院子里对那群苦役发号施令,告诉他们这件东西放在这儿,那件东西放在那儿。她正累得筋疲力尽,突然听见一个陌生的声音,吓得她一惊。

"我可以进来吗?"

她的脸红了一下,然后又白了。她的神经是过于敏感了,见到陌生人都会一时乱了手脚。偌大的房间仅点了一盏加了罩子的灯,所以开始还看不清来者的模样,等此人走到跟前,凯蒂认出这是一位男子。他朝她伸出了手。

"我叫韦丁顿,是这儿的助理专员。"

"呃,是海关的。我知道。此前已经听说你在这里。"

借着昏暗的灯光,她大致看出这是一个身材瘦小的人,和她个头差不多高,头已经秃顶,脸偏小,干干净净没留胡子。

"我就住在山脚下。我看你们这样直接上来,一定没有注意到我的家。我猜你们一定已经累坏了,不便邀请你们勉为其难到舍下做客,所以就在这儿点了晚餐,并斗胆不请自来。"

"对此我深感荣幸。"

"你会发现这儿的厨子手艺不坏。我叫来维森的佣人供你们调遣。"

"维森就是供职于此地的传教士吧。"

"不错。很好的一个人。如果你愿意的话,我明天带你到他的墓地看看。"

"非常感谢。"凯蒂微笑着说道。

正在此时瓦尔特走了进来。韦丁顿进屋之前已经和瓦尔特见过面了,他说:

"我刚好征得你太太的同意与你们共进晚餐。维森死了以后,我还没找着人正经谈谈话呢。虽然那几个修女也在这儿,但是我的法语不行,而且跟她们聊天的话,除了那么干巴巴的几个话题外再没什么可说的了。"

"我已经叫佣人端些喝的来了。"瓦尔特说。

佣人送来了威士忌和苏打水。凯蒂发觉韦丁顿一点也不见外,自顾喝了起来。从他进门之初的言语和动辄咯咯自笑的举动来看,他已经有些醉了。

"祝你好运!"他说道,然后转向了瓦尔特,"这儿是你大展才华的地方。这里的人跟苍蝇似的成堆地死掉。本地的官员已经快急疯了,军队的头头余团长,整天忙着叫他的军队别抢老百姓的东西。我看要再不干点儿什么,过不了多久,我们怕是都要把命丢掉了。我叫那群修女离开这儿,但是当然了,她们死也不会走。她们要做烈士,真见了鬼了。"

他用活泼的语调说着,声音里有种愉快的东西叫你不得不一边微笑一边听他讲话。

"你为什么不走？"瓦尔特问道。

"呃，我的人有一半都已经死了，剩下的随时有可能倒下，然后送了命。总得有人留下收拾后事吧？"

"你们没有接种疫苗吗？"

"种了。维森给我种的。他也给自己种了，但是那东西没给他带来什么好处，可怜的家伙。"他转向凯蒂，那张逗乐的小脸儿因为兴致高昂而挤出了皱纹，"要是你好好预防的话，我想危险不是很大。牛奶和水一定要煮熟了再喝。别碰新摘的水果，蔬菜要吃煮过的。请问你带了留声机唱片过来吗？"

"没有，我想我们没带。"凯蒂说。

"太遗憾了。我一直盼着你能带。好久没有新的了，那几盘老的都叫我听腻了。"

童仆走了进来，问晚饭是否现在开始。

"今天晚上诸位就不用着晚装啦，对不对？"韦丁顿问道，"我那个童仆上个礼拜死了，现在的这个是个白痴，所以我这几天都不换衣服。"

"我先去把我的帽子摘了放下。"凯蒂说道。

她的房间紧挨着他们说话的地方。屋子里空荡荡的，没什么家具。一个女佣正跪在地板上，忙着给凯蒂打理包裹，她的旁边放了一盏灯。

32

餐厅十分狭小,而且绝大部分被一张宽大的桌子占据了。墙上挂着描绘《圣经》故事的版画以及相应的说明文字。

"所有的传教士都有这么一张大餐桌。"韦丁顿向他们作了解释,"因为他们每多一个孩子就能多拿一些年薪,结婚之初他们就要为这些未来的小不速之客们准备好足够大的桌子。"

屋顶上悬挂着一盏石蜡灯,这时候凯蒂可以更清楚地观察韦丁顿一番。他秃了顶的头曾使她误以为他已经不再年轻,然而现在看来他应该还不到四十岁。他有着高高圆圆的额头,额头以下的脸很小,但是圆圆胖胖的,毫无棱角,脸色也十分红润。这张脸很像猴子的脸,虽然难看,但是不乏魅力,因为它十分逗趣。他的五官里面,鼻子和嘴大小跟小孩的差不多;眼睛不算大,但是又亮又蓝;他的眉毛是浅色的,十分稀疏。远远看去,他活像是一个老男孩儿。他不停地给自己倒酒,随着晚餐的进行,凯蒂愈发觉得他这个人一点也不郑重内敛。不过,就算是他喝醉了酒,也没有说出什么伤人的话,反而兴高采烈,样子颇像一个酒过三巡的好色之徒。

他谈起了香港，在那儿有很多他的朋友，他很想知道他们近况如何。前年他刚去那儿赌过一次赛马。他谈起各色赛马来如数家珍，对它们的主人也颇为熟知。

"顺便问一句，唐生现在怎么样了？"他突然问道，"他快当上布政司了？"

凯蒂感到她的脸噗地一下红了，然而她的丈夫并没有看她。

"我认为不出意外。"他回答道。

"他是那种官运亨通的人。"

"你认识他吗？"瓦尔特问。

"是的。我跟他很熟。我们曾一起在国内同路旅行过。"

河的对岸响起了叮叮当当的敲锣声，接着爆竹也劈劈啪啪地响了起来。在那里，离他们不远的地方，一座城镇正处于惊恐之中；死亡随时会无情地光顾那些曲曲折折的街巷。但是韦丁顿却开始谈起了伦敦。他的话题放到了戏院上。他清楚地知道此刻伦敦正在上演哪出剧目，还将上次临来之时看的一出戏的细节娓娓道来。当他讲到那位滑稽的男演员时不禁哈哈大笑，而描述起那位音乐剧女明星的美貌来，却又叹息不已。他高兴地告知他们，他的一个表弟已经同一位杰出的女明星成了婚。他曾与她共进午餐，并荣幸地受赠了一张她的玉照。等他们到海关做客时，他会把照片拿出来给他们一看。

瓦尔特专注地看着他的客人，目光漠然且略带嘲讽，不过显然他已被对方的幽默所打动。他试图礼貌地对那些话题表示兴趣，但凯蒂明白他其实一无所知。话间，瓦尔特始终面带微笑，然而凯蒂的心里却不明所以地充满了恐惧。在这座已故传教士留下的房子里，虽然离那座瘟疫肆虐的城市仅一水之隔，但是他们似乎与整个世界完全隔绝。坐在这里的仅仅是三个孤独且彼此陌生的人。

晚餐结束了,她从桌边站了起来。

"如果你不介意的话,我想是我该说晚安的时候了。我想回房睡了。"

"我也将起身回去。我猜测瓦尔特医生也准备就寝了。"韦丁顿回应道,"明天一大早我们还得出去呢。"

他同凯蒂握了手。看来他的脚还没有打晃,但是他的两眼放光,已和平常大不一样。

"我会来接你。"他对瓦尔特说,"先去见见地方官和余团长,然后再去女修道院。在这儿你可以大干一场,我向你保证。"

33

接下来的一夜凯蒂做了许多奇怪的梦。梦中她似乎又坐上了轿子,轿夫们起劲地迈着大步,轿子上下起伏,很不稳当。她来到了城里,放眼一望四处开阔空旷,但是灰蒙蒙的看也看不清楚。街上车水马龙,人们从她的身边鱼贯而过,都拿好奇的眼光盯着她看。街道狭窄曲折,店铺的摊子上摆着奇奇怪怪的玩意儿。她每经过一处,身边所有的车子都停了下来,还在讨价还价的人们也忽然静止不动了。她来到了一座牌坊跟前,牌坊美妙的轮廓似乎突然有了灵性,它的身形狂舞不羁,变幻不定,好像印度教里的千手观音。她从牌坊下面经过时,似乎听到了隐隐约约的嘲笑声。然而此时查尔斯·唐生向她迎面走来,双手将她抱住,把她从轿子里抱了出来。他对她说他错了,他不是故意要那样对她,他爱她,没有她就活不下去。她接受了他的吻,欣喜地哭了起来。她嗔怪他怎能如此残忍地对待她,不过她说过去了就过去吧。身后突然传来一声粗哑的吆喝,一群苦役把他们分开。他们穿着蓝布的破旧衣衫,抬着一具棺材,无声无息地匆匆而过。

她猛地惊醒了。

这座房子坐落在半山腰,从她的窗户可以望见那条小河,以及河对岸的城镇。刚刚破晓,河面上浮起了一层白雾,罩住了密密麻麻挤在一起、活像扁豆粒的小舢板。这些小船有好几百条,它们在幽光中显得寂静而神秘,让人感觉上面的船员好像被施了魔法,因为他们似乎不是在沉睡,而是被某种奇异可怕的东西攫住,哑然无声。

天色越来越亮,阳光照射到了那层薄雾上,使之闪闪发光,好像是一颗濒临死亡的恒星周围弥漫的云状物。河面上的雾气已经很轻,所以能够大致分辨出拥挤的舢板的轮廓和它们宛如密林的桅杆。但再过去一点,除了一道耀眼的雾墙,还是什么也看不清。恰在此时一座宏伟的城堡从云雾缭绕中赫然显露出来。与其说它是在普照万物的阳光中现出真容,不如说是被魔棒一点,从无到有生发而出。它像凶神恶煞一般高高矗立在河的对岸。然而创造它的魔术师并未就此罢手，他魔棒一挥，城堡上方随即呈现出一道彩墙。开始它还在雾霭中时隐时现，在金色的阳光的照射下，渐渐露出了翠绿和金黄的顶盖。这些好似庞然大物的顶盖似乎不拘泥于某种即成的建筑式样，它们零散随意地彼此搭连在一起，很难说是井井有条。然而在不成规矩之中，却也颇具韵味。你很难称这座凌驾于城堡之上的建筑为堡垒或者庙宇，它俨然一座众神之王御临的宫殿，绝非凡人可以踏足。它如此神奇，虚幻，缥缈，远非凡人之手所能开凿。它理应是梦之杰作。

眼泪从凯蒂的脸上流了下来，她眺望着它，双手搂在胸前，嘴唇微微张开着，已然忘记了呼吸。她还从未有过如此神思飞扬的感受，她觉得她的身体此时只是一具空壳，而她的灵魂在荡涤之后变得纯净无瑕。这就是美。她相信这就是美，就像享用圣餐的基督徒信仰上帝一样。

34

瓦尔特一大早就出门，只在午饭的时候回来待那么半个钟头，然后直到晚餐准备好才能见到他的影儿。凯蒂大部分时间是一个人待着，有好几天她都没出过平房。天气热极了，她敞开窗户，捧上一本书躺到长椅上，借此打发时光。那座暴露在正午炽热阳光下的宫殿，神奇色彩早已荡然无存。它只不过是城墙上的一座庙宇，装饰浮华而俗气，不过毕竟它曾呈现一派美妙的幻象，因而在她眼里还是有些与众不同。到了拂晓、黄昏以至夜晚，她偶尔会幸运地捕捉到它独一无二的美感。而雄伟的城堡其实也只是城墙的一部分而已，她的眼睛时常呆呆地望着那高大灰暗的墙壁，思忖着垛口的后面就是那座被致命的瘟疫所侵袭的城市。

她大约知道城里的情形十分严重，但不是从瓦尔特那里问来的（要是不开口问他，他不会主动提一个字），他的回答总是带着冷淡的讥讽味儿，直叫她脊背发凉。这是韦丁顿和佣人告诉她的。人们在以每天一百人的速度死去，一旦被感染上这种病，就别想有生还的希望。废弃庙宇里的佛像被搬到了大街上，跟前摆满了供品，人们做了祭祀，然而丝毫没有效果。人还是成批地死去，几乎来不及埋葬尸体。有的宅子里全家人都死光了，连一个收拾后事的人也没剩。军队长官是个铁腕人物，要是这个城市还没有陷入暴乱和大火，那就要归功于这位长官的严厉治军。他下令让他的士兵去掩埋那些无名尸体，还开枪打死了一名不听命令的军官，这名命运不济的军官迟迟不敢进入一所刚刚被瘟疫洗劫过的房子。

想起这些来，凯蒂有时会吓得胸口发闷，四肢颤抖。虽说只要预防得好就不会有危险，但是说得容易，她已经快要被恐惧折磨得发疯了。她的脑子里装满了逃跑的想法。离开这儿，只要能离开这儿，哪怕不搭个伴儿就走也可以。什么也用不着带，只要把她自个儿带走，带到一个安全的地方。她想去求求韦丁顿，坦白地告诉他一切，然后哀求他把她弄到香港。她想跪到她丈夫跟前,告诉他自己已经被吓成什么样儿了。即便他曾经恨她,现在也该发发慈悲饶了她了。

但这是不可能的。即便她走了,又有什么地方可去呢?她妈妈那里是不行的。如果她去了,妈妈的态度会显而易见地摆出来:嫁出去的姑娘,泼出去的水。另外自己也不情愿栖身到娘家那儿。她倒是想去找查尔斯,但是恐怕他不会有好脸见她。她能猜出如果她突然出现在他眼前,他嘴里会吐出些什么话来。她都能想见他那张拉长的脸,还有那双迷人眼睛背后的精明算计。他的话不会有多好听的。她一下子攥紧了拳头,她真该以牙还牙,当初他怎么羞辱她的,就怎么都还给他。有时她会勃然大怒,恨不得瓦尔特跟她离了婚,毁了自己没有关系,只要能跟他同归于尽。他对她说的某些话,她至今回想起来还一阵阵地面红耳热,羞愧不已。

35

当她第一次有机会和韦丁顿单独聊天时,她有意把话题引向了查尔斯。他们到达此地的那个晚上韦丁顿曾经提起过他。她装作与查尔斯并不谙识,称他只是丈夫的一位熟人罢了。

"我对他不怎么留意。"韦丁顿说道,"他嘛,我觉得他很招人厌烦。"

"想必你是过于挑剔了。"凯蒂回答说,这种明快、戏谑的腔调她是信手拈来的,"据我所知,他可是香港数一数二、极受欢迎的人物。"

"这个我知道。那就是他苦心经营的事业。他深谙笼络人心之道。他有种天赋,让每个遇到他的人都觉得跟他情投意合。对他来说不在话下的事,他总是乐得为你效劳;要是你之所愿稍微难为了他,他也会让你觉得换了谁也是做不来的。"

"的确是招人喜欢的人。"

"魅力,自然……不变的魅力会使人厌烦,我个人认为。当……………肃的人交往时,就会感到相当舒坦。我……………那么一两次,我看到他摘下了他那张面……………,不过是普普通通一个海关低级官员。………………里他并不关心这世上的任何一个人,除了他自己………"

凯蒂悠闲自得地坐在她的椅子上,眼含笑意看着韦丁顿,手上则把她的结婚戒指不停地转来转去。

"毫无疑问他会仕途畅达。他深谙官场上的那一套。在我有生之年一定有幸尊称他为阁下大人,在他登场时为他起立致敬。"

"不过他官升三级也是众望所归。在大家看来,他是一个才华横溢的人。"

"才华?一派鬼话!他这个人愚蠢至极。他给你一种印象,让你以为他做起事来精明强干,手到擒来。但如果是真的如此那才怪呢。他跟一个欧亚混血的普通小职员没有两样,什么事儿都得按部就班拼命应付。"

"他何以赢得英明聪慧的名声?"

"这个世界上有足够多的傻瓜。当一个官居高位的人对他们不摆架子,还拍拍他们的肩膀说他会为他们力尽所能,他们想当然以为此人智慧非凡。当然了,这里面也不能少了他夫人的份儿。她是个不同凡响的女人,颇有脑子,她的点子永远值得一用。有了她在后面拿主意,查尔斯·唐生不用担心会做出蠢事来,而这正是在官场上顺风顺水的要义所在。政府不需要聪明的人,聪明的人有主见,而主见就是麻烦。他们要的是亲和、圆滑、永不犯愚蠢错误的人。嗯,不错,查尔斯终将爬到这个金字塔的塔顶。"

"我很好奇你为何讨厌他。"

"我没有讨厌他。"

"那么你更欣赏他的妻子喽?"凯蒂微笑着说道。

"我是个传统的男人,更青睐有教养的女士。"

"我希望她对穿着的品位能像她的教养那么出众。"

"她不太注重穿着?我没留意过。"

"我常耳闻他们是一对鸾凤和鸣的伉俪。"凯蒂说道,她眯起眼,透过睫毛斜睨着他。

"他对她一片深情。这是我可以送给他的赞美之辞。我想这是他这个人身上最为正派的一点了。"

"多么苛刻的赞美。"

"他也会闹出些风流韵事,但是都不当真。他一直行事小心,从不惹火上身,给自己找麻烦。可以肯定他不是一个耽于情爱的人,只是他爱慕虚荣,希望被女人崇拜罢了。他身体胖了,如今也有四十岁,他太会养尊处优,善待自己了。不过他初到香港时是一个英俊小伙儿。我常听他夫人拿他的姘头打趣。"

"她不把他的风流韵事当回事儿?"

"呃,对。她明白他只是小打小闹,不会做得过火。她说她愿意和查尔斯那些可怜的小情人儿们交个朋友。不过她们都是些泛泛之流。她说爱上她丈夫的女人永远都是些二流货色,这简直也令她脸上无光。"

36

韦丁顿离开以后,凯蒂把他的那些率性之言思来想去。那些话没有一句让她舒服过,但她必须表现得泰然自若,假装根本不当回事儿。他说的话都是真的,想到这个她就万分苦涩。她知道查尔斯愚蠢、虚荣、爱听奉承,她清晰地记得他对他的丰功伟绩夸夸其谈时那副扬扬自得的模样。他总是为一些雕虫小技而自鸣得意。如果她把全部的爱都给了这样一个男人——仅仅因为他有双漂亮的眼睛和健美的身材,那她就是在自轻自贱。她应该鄙视他,因为恨他只能说明她还爱他。他是怎么对她的,她应该已经睁大眼睛看清了。瓦尔特从来都是看不起他的。唉,她要是能让他从自己的脑子里彻底消失该有多好!他的妻子是不是已经拿她迷上他这事打趣了?多萝西可能会想和她做朋友,但这样就会发现她是个二流货色。凯蒂轻轻地一笑：要是她的母亲得知女儿被这般对待，将会表示怎样的愤慨。

然而夜里她又梦见了他。她感觉到他的胳膊紧紧地抱着她，热烈似火地亲吻她的嘴唇。他即便四十岁了，身体也胖了一些，那又怎么样呢？他的心思那么多，都叫她心生爱怜。他有孩子一样的虚荣心，她会因为这个更加爱他，同情他，安慰他。她醒过来的时候，泪水已经流了满脸。

她在梦里哭了。她不明缘由地叹道，这对她来说是多么悲惨的境遇啊。

37

韦丁顿一忙完白天的事儿就上山到费恩的房子那里逛逛，所以她天天都能见到他。这样刚过一个礼拜，他们的熟悉程度就好像正常情况下交往一年的老朋友了。有一次凯蒂对他说，如果不是靠了他，在这儿的日子还真不知道怎么过。他笑着回答道：

"你看到了，你跟我是这块地方仅有的脚踏实地说明白话的人。那群修女生活在天堂里，而你的丈夫，是在黑暗里。"

她没听透这话的意思，但还是轻描淡写地附和着笑了一声。

她感觉到他那双快活的蓝眼睛在她的脸上搜索着什么，虽然他的态度是和蔼可亲的，但还是叫她有点不安。她早就发现他这个人头脑非常精明，恐怕对她和瓦尔特的关系已经有所洞察，想来探个究竟。她平常老是靠为难他取乐，她喜欢他，知道他坦率直白，不藏什么心机。虽然他不是智慧非凡或者才华出众，不过他看事情总是一针见血，并能用妙趣横生的话加以总结。而每当他发表意见时，他秃顶之下那张孩子气的脸必然花样频出，同时哈哈大笑，时常令她忍俊不禁。他一直在港口做事，几乎很少能和同一肤色的人走动，这也使他的性情颇为通达随性。他钟情于时髦货，另有不少的怪癖。他的率真叫你如沐春风。对他来说，生活的意义似乎就在于玩世不恭。他对香港上流社会的揶揄几近尖刻，对湄潭府的中国官员也少不了奚落挖苦，甚至连城里的霍乱都成了他笑谈的对象。即便是悲剧故事或者英雄传奇，到了他的嘴里也变成了荒诞不经的笑料。他在中国待了二十年，肚子里的奇闻轶事应有尽有，讲也讲不完。从这些人生见闻你可以断言，这个世界纯粹是一个充满了诡异、怪诞、荒唐的地方。

　　他否认自己是中国专家（他断言那群汉学家们简直像发情的兔子一样疯了），但是却能讲一口流利的中国话。他极少读书，了解什么东西全靠跟别人攀谈。但是他的嘴里经常冒出中国小说和中国历史里的故事，尽管这时他的口气也难免戏谑，但却逸趣迭出，讲得十分动人。在她看来，他可能已经无意识地接受了中国人的观念，认为欧洲人都是蛮夷，他们的生活也都滑稽可笑；唯独在中国的那种生活才能让一个有理智的人从中洞察到几分真实。这足以令人反思：凯蒂此前每听到有人说起中国人，必然都是些颓唐、龌龊乃至不堪入耳的话。这就如同他为她掀起了帘幕的一角，瞬时她目睹了一个梦中难以见到的恢宏的世界。

他翘腿坐在椅子里，时而高谈阔论，谈笑风生，时而举杯畅饮。

"你不觉得你喝得有点儿多了吗？"凯蒂坦率地对他说。

"这就是我生活的乐趣。"他回答道，"除此以外还有个好处，这能把霍乱赶得远远的。"

当他离开时已经完全喝醉了，但是他却能清醒地控制自己的仪态。虽然他眉飞色舞，兴致高昂，但从未借着酒劲儿出言不逊。

有一天傍晚瓦尔特比平时回来得早一点，就叫他留下来吃晚饭。令他惊讶的一幕出现了。他们喝了饭前汤，吃完了鱼，然后一个童仆端来了一盘鸡肉，并把一碟新做的沙拉递给了凯蒂。

"我的上帝啊，你可别吃那东西。"看见凯蒂随手吃了一点，韦丁顿惊声叫道。

"呃，我们每天晚上都吃这东西。"

"我的妻子喜欢它的味道。"瓦尔特说道。

碟子端到了韦丁顿面前，但他拼命摇了摇头。

"非常感谢，但是现在我还不想自杀。"

瓦尔特淡淡地一笑，自己也吃了一块。韦丁顿没再继续发话，此后少见地沉默寡言了下来。晚饭后不久他就匆匆回去了。

瓦尔特说得不错，他们每天晚上都吃沙拉。在他们来到这所房子两天后，厨子——跟所有中国人一样漫不经心，做了一盘沙拉，凯蒂不假思索就尝了一块。瓦尔特见状，呼地向前探直了身子。

"你不应该吃那个。那佣人端这个上来真是疯了。"

"为什么不呢？"凯蒂说道，目光直视着他的脸。

"这种东西从来都不卫生，现在吃就更危险了。你不要命了。"

"我想你说对了。"凯蒂说道。

她开始潇洒地大吃特吃起来。她显然是在故意逞能,而自己还不自知。她用挑衅的眼光盯着瓦尔特,以为他面色发白,已经怕了。然而当沙拉端到他的面前时,他也张口就吃。厨子发现这道菜颇受欢迎,便每顿必做。而他们争相寻死,都毫不犹豫地享用着。凯蒂的用心是复杂的,一方面她要借此向瓦尔特报复,另一方面她也是在嘲笑自己心中的恐惧。

38

第二天下午,韦丁顿来到了他们的房子。刚坐下不久,他问凯蒂是否愿意出去散散步。来到此地以后她还没有出过门,便欣然同意。

"我恐怕可供散步的地方不多,"他说,"我们就到山顶走一遭吧。"

"呃,好,那里有座牌坊。我经常在阳台上望见它。"

一个童仆打开了那扇厚重的大门,他们走到了门外巷子的土路上。刚走了几步,凯蒂惊叫了一声,一下子拉住了韦丁顿的胳膊。

"快看!"

"怎么回事?"

在房子的围墙下躺着一个人,他两腿挺直,胳膊向头顶的方向伸着,身上穿着满是补丁的蓝布褂子,蓬头垢面,和一个典型的中国乞丐没什么两样。

"看上去他好像已经死了。"凯蒂气喘吁吁地说。

"他是死了。过来,你最好别朝那边看。我们回来以后我会找人把他搬走。"

凯蒂全身发抖,半天也挪不动腿。

"我以前还没看见过死人。"

"快走吧。你会习惯看见这些死人的。在你们离开这个多福之地之前,恐怕你还要看见成千上万次。"

他拉过她的手,让她搂住他的胳膊,然后他们默不作声地走了一段路。

"他是得了霍乱死的吗?"她憋了许久终于说道。

"我想应该是的。"

他们一步也没停,一直来到了牌坊底下。牌坊上面雕刻着华丽的花纹,它矗立在这块土地上,俨然一座纪念碑,然而巍然之中隐含着某种讽刺意味。他们在牌坊底座上坐了下来,面对着一望无际的原野。山上遍布着绿草茵茵的坟包,它们并不是井井有条地排成行列,而是相互交错在一起,让人感觉它们的主人在地下也是横躺竖卧,不得安宁。狭窄的堤道在翠绿的稻田中蜿蜒而行。一个小男孩正骑在水牛颈子上,慢悠悠地赶牛回家。三个农民头戴宽大的草帽,各自肩上背着一垛庄稼,歪歪斜斜地走着路。偶尔会吹来傍晚的微风,在熬过了中午的酷暑之后,自然让人感到格外惬意。乡村广袤的原野在眼前铺展开去，使人备感松弛，甚至会勾起莫名的伤感。凯蒂长久以来饱受折磨的心头得到了疏解，但是她难以忘掉那个死去的乞丐。

"人们不断地在你身边死去，为什么你还能够说说笑笑，喝着威士忌？"她突然开口问道。

韦丁顿没有回答，他转过脸来看向她，用手扶住了她的胳膊。

"你知道，这里不是女人该来的地方。"他神情凝重地说，"为什么你不离开这儿？"

她透过睫毛斜着瞥了他一眼，嘴角浅浅地笑了一下。

"我认为在这种情况下，一个妻子应该陪在她的丈夫身边。"

"他们给我拍来电报以后，我得知你也会跟费恩一起前来，这很让我吃惊。随后我想你可能是一位护士，日常工作也有你的份儿。我把你想成是那种板起一副面孔的女人，谁要是进了医院，她能叫你要死要活的。我进了房子看见你坐在那里休息，差点没昏过去。你当时看上去已经筋疲力尽，脸色苍白，虚弱得不得了。"

"在路上走了九天之后，你不能指望我还容光焕发。"

"你现在同样苍白、疲惫、虚弱，并且，如果你允许我这么说的话，忧郁至极。"

凯蒂不由自主地脸又红了起来，但她还是让自己的笑声足够欢快。

"很抱歉你不喜欢我的脸色。我看上去忧郁的唯一原因是，从十二岁起，我知道了我的鼻子长得有点长。但暗自神伤可是最能捕获人心的办法，你不知道有多少英俊少年试图安慰我。"

韦丁顿盯着她看，两只蓝眼睛闪闪放光。显然他认为凯蒂的话经不住推敲。不过既然他不明说,她也装作若无其事。

"我知道你们结婚时间不长,我得出结论,认为你们彼此深爱对方。所以,如果说是他希望你来,我是不会相信的。很有可能的是,你断然拒绝一个人留在香港。"

"这个解释很有道理。"凯蒂轻松地说。

"的确,但并不正确。"

她等着他继续说下去。她知道他这个人头脑精明,而且有话必说,从不遮遮掩掩,所以对他接下来的言论不免有些担心。但她还是忍不住想听一听他对自己的评论。

"我从来没有认为你爱你的丈夫。我觉得你讨厌他,即使你恨他,那我也不会觉得奇怪。但是我可以确信你害怕他。"

她的脸瞅向了一边。她不想让韦丁顿发现他的话触动了她。

"我在怀疑你不那么喜欢我的丈夫。"她嘲弄道。

"我尊敬他。他既有头脑又有个性。我可以跟你说,这两者能够结合到一个人的身上很不寻常。我看到他不是很喜欢和你搭话,所以我感觉你不清楚他在这儿每天都在干什么。如果说谁能够单枪匹马扑灭这场恐怖的瘟疫,他就将是那个人。他每天医治病人,清理城市,竭尽全力把人们喝的水弄干净。他根本不在乎他去的地方、做的事儿是不是危险,一天之内有二十回跟死神打交道。余团长对他言听计从,把军队交给他调遣。他甚至让那位治安官也看到了希望,这老头现在决定干点什么。修道院里的那群修女崇拜他,把他当成英雄。"

"你不这样认为吗?"

"说到底这并不是他的工作,不是吗?他是个细菌学家。谁也没有叫他来,以他给我的印象,他也不是出于对这些濒死的中国人的同情。维森和他不一样。他热爱整个人类,虽然他是个传教士,但是在他眼里,人们没有基督徒、佛教徒、儒教徒之分,他们都是人。你的丈夫来这儿不是因为他不忍看到十万中国人死于霍乱,也不是为了研究他的细菌。他到底因为什么来这儿?"

"你最好问他自己。"

"我对你们俩如何相处很感兴趣。有时我很想知道你们单独在一起时会是什么样。我在的时候你们都在装样子,两人都是。可惜你们的表演糟透了,老天。要是去了巡回剧院,就算你们拼上性命,一个礼拜也赚不到三十先令。"

"我不懂你的意思。"凯蒂微微地一笑,继续故作轻佻,但她知道她骗不过韦丁顿的眼睛。

"你是一个非常漂亮的女人。很奇怪你的丈夫竟然从来也不看你一眼。他跟你说话时那个声调,就像那嗓子不是他的似的。"

"你认为他不爱我吗?"凯蒂问道,她的声音不高,有些粗哑,刚才轻松自在的做派一下子不见了。

"我不知道。我不知道是你惹他厌烦,以至于你离他近点儿他就会浑身起鸡皮疙瘩,还是他太爱你了,由于某种原因而将他的爱埋藏起来。我曾经问过自己,你们到这儿是不是双双自杀来了。"

凯蒂想起她和瓦尔特吃沙拉时的那一幕,韦丁顿先是非常吃惊,而后若有所思地看着他们两个。

"我看你是在那几片生菜叶上小题大做了。"她信口说道,然后站起身来,"我们可以回去了吗?我猜你现在很想来点威士忌和苏打水。"

"无论如何你不是来充英雄的。你经常一惊一乍,吓得要死。你敢肯定你不想离开这儿吗?"

"这跟你有什么关系?"

"我可以帮你。"

"你也被我的不幸打动了?来看看我的侧影,告诉我鼻子是不是有点长?"

他神情专注地看着她,透亮的眼睛里闪烁着嘲笑和讥讽,然而在嘲笑和讥讽的后面,却是一种由衷的善意;前者就如同河边的一棵树,而这种善意就是树在河里的倒影。凯蒂的眼里忽然涌满了泪水。

"你必须留在这儿吗?"

"是的。"

他们经过装饰华丽的牌坊,一步步向山下走去。回到住处的时候,那个乞丐的尸体还躺在原来的地方。他拉过她的胳膊,但是她挣脱出来,一动不动地站在那里。

"很可怕,不是吗?"

"什么?死?"

"是的。和死比较起来,其他东西都变得那么渺小。他几乎没有人样,你看见他时很难让自己相信他曾经活着。很难想象几年以前他还是一个小男孩,一边奔下山,一边放风筝。"

她忍不住抽泣起来。

39

几天以后,韦丁顿和凯蒂坐在一起闲聊。他手里端着大杯的威士忌和苏打水,这次谈论起了修道院的修女们。

"修道院院长是个相当出色的女人。"他说道,"那群姐妹们对我说,她出自法国一个名门望族。不过她们不告诉我具体是哪家。她们说了,院长不希望别人谈论这个。"

"如果你感兴趣为什么不直接问她?"凯蒂微笑道。

"如果你认识她,你就不会问她这些并非谨慎的问题了。"

"她令你如此敬畏有加,看来的确是位出众的女人。"

"我有句她的口信要带给你。她叫我对你说,虽然你很有可能不愿冒险涉足瘟疫的中心地带,但如果你不介意的话,她将非常荣幸地带你在修道院四处看看。"

"她人真好。我没想到她还知道有我这个人。"

"我跟她们提过你。一个礼拜我要到那儿去两三次,看看有什么可以帮上忙的。另外我可以断定你的丈夫也向她们说过。她们对他崇拜得几乎五体投地,对此你要作好准备。"

"你是天主教徒吗?"

他狡黠的眼睛闪着光，又咯咯地笑了起来，把那张逗趣的小脸挤出了好多褶皱。

"你在笑话我吗？"凯蒂问道。

"进了天主教堂会有很多好处吗？不，我不信天主教。我把自己看成是英格兰国教的信徒。英格兰国教嘛，就是什么也不怎么信的委婉说法。十年前修道院院长来到这里，身后跟了七名修女，现在只剩下三个，其余都死了。你知道，即便是到了最好的时节，湄潭府也绝不是疗养胜地。她们就住在这个城市的中心，最穷的地方。她们辛苦地工作，从来也不休假。"

"那现在只剩下院长和三个修女了吗？"

"呃，不，新来了几个，顶替了死去的修女。现在有六个人。瘟疫刚发生的那会儿其中一个得霍乱死了，马上从广州又赶过来两个。"

凯蒂打了个寒战。

"你很冷吗？"

"不，只是无缘无故地身子抖了一下。"

"当她们离开法国的时候，就跟那里永别了。她们不像新教的传教士，偶尔会有一年的休假。我想那是世界上最为严酷的事了。我们英国人很少害思乡病，到了哪里都能随遇而安。但是我觉得法国人对他们的国家十分依恋，这几乎是一种与生俱来的本能。一旦离开他们的故乡，他们从来不会真正感到自在。这些女人作出这些牺牲却是理所应当的，对此我时常受到感动。我想假如我是一个天主教徒，我也会义无反顾地这么做。"

凯蒂不动声色地看着他，这个小个子男人所谈论的那种情感，她还不能完全理解。她怀疑他是不是故作姿态。他已经喝了不少威士忌,兴许这会儿有点头脑不清了。

"你自己过去看吧。"他立即看穿了她的心思,脸上露出嘲弄的微笑,"不会比吃一个番茄风险更大。"

"既然你都去过,我凭什么不敢呢?"

"我保证你会感到新奇的。那儿就像一个微型的法国。"

40

他们坐在一条小舢板上过了河。栈桥处已经为凯蒂预备好了轿子,她被抬着上了山,一直来到水门。堤道上有一群苦役,肩上搭着轭,轭的两头各挑一大桶从河里舀上来的水,正一步一晃地走在他们前面。水不断地从桶里溅出来,把堤道淋得跟刚下过大雨似的。凯蒂的轿夫扯开嗓子朝他们喊了一声,叫他们把路让开。

"显而易见,很多生意都不做了。"韦丁顿说道。他并未坐轿,而是在她身边步行。"若在平时,这路上会有很多驮着货物到栈桥去的苦役跟你抢道。"

城里的街道很窄,每一条都有许多弯儿,没过一会儿凯蒂就完全找不着方向了。很多商铺都店门紧闭。来湄潭府的途中,她早对中国城镇肮脏不堪的街道司空见惯了,但是这里的垃圾堆积如山，显然已经几个礼拜没人收拾过了。从垃圾堆里散发出难闻的恶臭，吓得凯蒂赶紧用手帕捂住鼻子。以前她在中国城镇里经过，街上的人们少不了要盯着她瞧，然而现在只是偶尔有人朝她漠然地瞥上一眼。街上也不再是人山人海，只有三三两两的人走动。他们似乎都在专心干自己手头上的事儿，然而一个个都不声不响，没精打采。偶尔经过几处房子，会听见里面传出敲锣的声音，同时有不知是什么乐器奏着尖利、悠长的哀伤曲调。看来在那些紧紧关闭的房门后面，有人刚刚死去。

"我们到了。"韦丁顿终于说道。

轿子在一扇小门前停了下来，门顶上镶嵌着一个十字架，两边是长长的白墙。凯蒂下了轿子，然后韦丁顿摇了摇门铃。

"你千万别盼着见到什么华丽的东西。你知道，她们可是穷得叮当响。"

门被一个中国女孩打开了，韦丁顿跟她说了两句话，她就把他们带到了走廊旁边的一个小屋子里。屋里摆着一张大桌子，桌上铺着一块画有跳棋棋盘图案的油布，靠墙摆放着一套木椅。屋子的尽头有一尊石膏雕成的圣母玛利亚的塑像。过了一会儿，一个修女走了进来，她身材矮胖，长了一张朴实无华的脸，脸蛋红扑扑的，眼神十分欢快。韦丁顿向她介绍了凯蒂。他管她叫圣约瑟姐妹。

"是医生的夫人吗？"她热情地用法语问道，并说院长一会儿会直接过来。

圣约瑟姐妹不会讲英语，而凯蒂的法语也是磕磕绊绊，只有韦丁顿能流利地说一口并非十分地道的法语。他发表了一大通滑稽的评论，逗得这位生性欢快的修女捧腹大笑。她动辄开怀，且笑得如此由衷，着实令凯蒂吃了一惊。她原先以为僧侣一定都是庄严肃穆的人，而这位修女孩子般的欢乐劲儿不禁深深打动了她。

41

门开了，凯蒂惊奇地觉得那扇门似乎不是靠人为的力量，而是沿着门轴自己转开的。修道院院长走进了这间狭小的屋子。她先是在门槛那里略微停了一下，看了一眼笑成一团的修女和韦丁顿挤满皱纹活像小丑的脸，嘴角上肃穆地一笑，然后径直朝凯蒂走来，向她伸出了一只手。

"是费恩夫人吗？"她用英语说道，虽然带有浓重的口音，但发音都很准确。她略一欠身，向凯蒂鞠了一躬。"能够结识我们善良勇敢的医生的夫人，是我莫大的荣幸。"

凯蒂发现院长的眼睛长时间地盯着她，似乎是在对她作出评判，同时丝毫也没有不好意思。她的眼神十分坦率，这让凯蒂觉得她的盯视并非无礼，就好像她是一位专事品评他人为人的女士，遮遮掩掩、偷瞄斜睨从来都是多余的。她彬彬有礼同时不失和蔼地示意她的客人在椅子上坐下，自己也坐了下来。圣约瑟姐妹站在院长的一旁，但稍微靠后一点。她的脸上依然留有笑容，但此刻已经完全安静下来。

"我知晓你们英国人喜爱喝茶,"院长说道,"我已经叫人准备了一些。不过若是按中国的习惯泡制,我只得表示我的歉意。我知道韦丁顿先生喜欢威士忌,但是我恐怕无力使你得偿所愿。"

她面带微笑,但是肃穆的眼神里闪烁着狡黠的光。

"呃,得了,嬷嬷,你这话说得我好像是个酒鬼似的。"

"我希望能听到你说从来也不喝酒,韦丁顿先生。"

"是啊,我从来也不喝酒,我只喝醉。"

修道院院长笑了起来,并把韦丁顿的俏皮话用法语说给圣约瑟姐妹听。圣约瑟姐妹的眼睛友善地看着韦丁顿。

"我们必须宽容韦丁顿先生,因为有两三次我们陷入经济拮据的窘境,孤儿们开始饿肚子的时候,韦丁顿先生及时资助了我们。"

那位给他们开门的皈依天主教的小女孩走了进来,她的手上端着一个茶托,上有几盏中国茶杯和一个茶壶,另有一碟称为玛德琳甜饼的法式蛋糕。

"你们一定得尝尝玛德琳甜饼。"修道院院长说道,"这是圣约瑟姐妹今早特地给你们做的。"

他们闲聊了一些琐事。修道院院长询问凯蒂来中国有多久了,从香港到此地旅途是否劳累,以及她到没到过法国,在香港是否水土不服云云。话题琐屑至极,但气氛却十分融洽,显得与他们身处的危险环境格格不入。屋子外面十分安静,让人很难相信这里是一座人口众多的城市的中心。然而静谧降临了,瘟疫却并未随之平息,还在到处肆虐;陷入恐慌的人们四处奔逃,却被暴徒似的士兵厉声喝止。修道院墙内的医疗室挤满了染病以及将死的士兵,修女们领养的孤儿们已经死去四分之一了。

　　凯蒂不明缘由地被这位修道院院长吸引住了。她仔细观察着这位对她万般体恤的庄重女士。她穿了一袭白衣,教袍上唯一的色彩就是胸前绣着的红心。她是个中年女人,大约有四十岁或者五十岁。很难说清是四十还是五十,因为她光滑、素淡的脸上几乎看不着几丝皱纹,而从她庄重的举止、稳健的言谈,以及有力、美丽但已显干瘦的双手上,立即能够判断出她已经不再年轻。她脸形偏长,嘴稍有些大,牙齿颇为醒目。她的鼻子不能说小,但是长得十分精致,也很柔嫩。然而她的脸色之所以严峻、肃穆,则完全是因为黑黑的细眉下面的那双眼睛。这是一对黑色的大眼睛,目光平稳坚定,虽然说不上冷淡,但给人一种气势逼人的感觉。初次瞧见修道院院长,你会不假思索地认为她年轻时一定是位小美人儿,但稍等片刻你便会恍然大悟,她的美丽其实与其性格密不可分,她的魅力反而会随着时光的流逝而与日俱增。她说话的声调十分低沉,显然是在有意识地加以控制。无论她说英语还是法语,都是一字一句,有条不紊。然而给人印象最深的还是她身上那股威严之气,无疑是长居基督教教职的结果。你会觉得这个人平时一定惯于发号施令,而别人也都惯于听从吩咐,不过她发号施令的仪态会十分谦逊,绝不会让人觉得她高高在上。看来她笃信教会在世俗世界中的权威。然而凯蒂觉得在她威严的外表之下,应该还有许多人所共有的人性之处。院长在听韦丁顿厚着脸皮大放厥词之时,始终面带庄重的微笑,对幽默显然具备十足的理解力。

　　然而凯蒂隐约觉得她身上还有种东西,只是说不出来是什么。它就在修道院院长郑重端庄的仪态和优雅周到的礼节之中——相形之下，凯蒂简直就成了扭扭捏捏的女校学生——它令凯蒂觉得她们之间始终隔着一段距离。

42

"先生一口也不吃呀。"圣约瑟姐妹说道。

"先生的胃叫满洲菜搞坏了。"修道院院长回答道。

圣约瑟姐妹脸上的笑容一下子消失了，表情变得十分拘谨难受。韦丁顿调皮地朝她们瞄了一眼，随手抓起一块蛋糕，挑衅似的咬了一口。凯蒂则是一头雾水，没明白到底出了什么事。

"为了证明你犯了多大的错误，嬷嬷，我将在未来的豪华晚宴上狼吞虎咽一番。"

"如果费恩夫人乐意到修道院四处看看，我将荣幸地给你带路。"修道院院长转向凯蒂，恳切地微笑道，"我很抱歉现在院里的情形一团糟。我们的工作堆积如山，而姐妹们人手不够。余团长一再要求让我们的医疗室先应付他那些染了病的士兵。我们只能把饭厅当成孤儿们的临时医疗室。"

她站到门口，等着凯蒂过来，然后两人并排走了出去，后面跟着圣约瑟姐妹和韦丁顿。他们沿着幽静的白墙走廊走了一会儿，接着进了一间空荡荡的大房子。里面有几个中国女孩正全神贯注地做着刺绣，一见有人进来，她们全都站了起来。修道院院长拿起一块刺绣给凯蒂看。

"虽然瘟疫流行，但我还是让她们继续做活儿。她们的心思都放在这上面，就不会想起可怕的疾病了。"

他们走进了第二个房间，里面有一群更小的女孩忙着做裁剪、摺边和缝缀。紧接着到了第三个房间，只见一个中国教徒正在照看一群小娃娃。她们玩得热火朝天，见到修道院院长走了进来，便一窝蜂跑过来把院长围住，有的拉住她的手，有的干脆钻到她膨大的长裙底下，活像一堆小虫子。她们全长着中国人的褐色眼睛和黑色头发。院长肃穆的脸上露出了亮色，微笑着爱抚她们，说了几个听上去挺古怪的词儿。凯蒂知道她说的是中国话，虽然不明白是什么意思，但也猜到是在安抚她们。她仔细看了一下这些小孩儿，不禁浑身一抖。她们都穿着一模一样的衣服，面黄肌瘦，身同侏儒，鼻子都是扁扁的，几乎没有正常人的模样，一看便令人生厌。然而修道院院长却和蔼地站在她们中间，俨然慈祥的化身。过了一会儿他们准备离开的时候，孩子们膏药似的贴住院长不叫她走。她只得一边笑着哄劝，一边用了力气才从小孩儿堆里抽身出来。看来这位严肃的女士在这群孩子眼里是个和蔼可亲的人。

"当然了，你知道，"来到另一条走廊时院长说道，"他们是那种被父母抛弃的孤儿。我们给了孩子的父母一些钱，他们才把孩子送过来，不然就会嫌麻烦把孩子丢掉了。"她转向圣约瑟姐妹，"今天送来了几个？"

"四个。"

"现在又发生了霍乱,这些女孩对他们来说就更是累赘了。"

她带凯蒂看了一下宿舍,然后来到一扇门前,门上印着法语的"医疗室"几个字。凯蒂听见里面传来呻吟声和惨叫声,似乎不是人而是受伤的野兽发出来的声音。

"我就不带你去医疗室里面看了。"修道院院长用平静的语调说道,"我想那不是一个谁都想看的地方。"她忽然想到了什么,"费恩医生是不是在里面?"

她向圣约瑟姐妹投去了询问的目光。圣约瑟姐妹依然快活地微笑着,跑去开了医疗室的门,轻手轻脚地走了进去。门打开的一刹那,嘈杂声一冲而出,吓得凯蒂向后一缩。一会儿圣约瑟姐妹回来了。

"不在。他来过这里,过一会儿还会回来。"

"六号怎么样了?"

"可怜的孩子,他死了。"

修道院院长在胸前画了个十字,嘴唇上下翕动,默默祈祷起来。

他们走进了一个院子。凯蒂看到地上并排停放着两个长方形的东西,其上盖了一条蓝色的棉布。院长对韦丁顿说:

"我们的床位太过缺乏,只能让两个病人挤一张床。如果其中一个死了,就得马上搬走,给新的病人腾地方。"然后她微笑着看向凯蒂,"现在我将带你去我们的礼拜堂,我们都为它骄傲。一位法国朋友不久前给我们送来了一具真人大小的圣母玛利亚雕像。"

43

礼拜堂其实只是一个低矮的长形房间，四面是粉刷过的白墙，中间摆放着几排松木长椅，尽头是圣坛，院长所说的雕像矗立在那里。那是一座塑模石膏像，上面不太细致地涂了一层色彩，显得光艳而俗丽。雕像背后是一幅耶稣受难像的油画，画上十字架的下方两个玛丽神情悲痛万分。线条的描绘相当拙劣；从深色颜料被大幅渲染来看，作者对色彩的鉴赏力实在令人不敢恭维。墙上另画有十四幅耶稣受难像，显然与先前那幅出自同一人手笔。总的来说，礼拜堂给人一种粗陋、俗气的感觉。

他们一进门两位嬷嬷就跪在地上，口中念了一句祈祷词，然后站起身来。修道院院长又向凯蒂介绍道：

"凡是运过来的东西，只要是容易碎的都碎了。但是我们的捐助人将这尊雕像从巴黎运来时，它竟然完好无损。无论如何这都是一个奇迹。"

韦丁顿目光闪烁，看来又生出了一个坏主意。但是这次他把嘴闭紧了。

"圣坛和墙上的受难像是我们的一个姐妹画的，圣安塞姆姐姐妹。"院长在胸前画了个十字,"她是一个真正的艺术家。不幸的是,她没能逃过这次劫难。你们看,这些画儿不是很美吗?"

凯蒂结结巴巴地敷衍称是。圣坛上还摆放着几束纸花,旁边的烛台雕琢得异常华丽。

"我们是最有特权将耶稣圣体摆放于此的。"

"是吗?"凯蒂说道,她没明白院长的意思。

"我们经历了如此困苦的日子,是这些画像给了我们莫大的安慰。"

他们离开了礼拜堂,循着来时的路回到了最初落座的会客室。

"走之前你想看看那几个今天早上送来的小娃娃吗?"

"非常乐意。"凯蒂说。

修道院院长把他们领到了走廊另一端的小房间里。屋子里有一张桌子,上面盖了一块布,布下面有什么东西蠕动着。圣约瑟姐妹将布拉开,下面现出四个光溜溜的小婴儿来。她们全身通红,手脚不停地乱舞。一张张中国人样子的小脸儿古怪有趣,皱巴巴地扭出了苦相。凯蒂觉得她们不像人类,而是某种罕见的不知名的动物。不过这一幕还是让她有所感动。修道院院长瞧着这群小东西,脸上露出了欣然的微笑。

"她们看起来非常可爱。有的时候她们刚抱过来就死了。当然了,每来一个婴儿我们都会先做洗礼。"

"您的先生很喜欢和这些小婴儿待在一起。"圣约瑟姐妹说道,"我觉得他能和她们一起玩上几个钟头。要是她们哭了,他就把她们抱起来,放到臂弯里哄,直到把她们逗笑了。"

凯蒂和韦丁顿来到了修道院的门外。凯蒂对院长的款待郑重地表示感谢。这位嬷嬷谦逊地鞠了一躬,仪态温和而不失高贵。

"这是我莫大的荣幸。你不能想象你的丈夫有多么仁慈,他帮了我们大忙。我认为他是天堂派来的使者。我非常高兴你也一同前来。等他回去的时候,有你陪在身边,你将用你的爱和你的——你的甜美的笑脸给予他最大的安慰。请你务必照顾好他,千万不要让他工作过于辛苦。请替我们所有人照料好他。"

凯蒂的脸红了,她找不出话来回应。修道院院长伸出了手,凯蒂握住了它。院长那双淡然的、评判的眼睛又注视着凯蒂,眼神坦白直率,同时似乎在向凯蒂表示深深的理解。

圣约瑟姐妹在他们身后关住了门,凯蒂迈上了轿子。他们穿过狭窄曲折的街道,韦丁顿随意问了句话,凯蒂没有回答。他朝凯蒂看了一眼,轿子的挂帘拉上了,看不到里面。他不再说什么,默默地继续走路。当他们来到河边的时候,她从轿子里走了出来。他吃惊地发现她的脸上流着眼泪。

"你怎么了?"他问道,脸上的皱纹因为惊愕而挤到了一起。

"没什么。"她试图微笑,"只是我愚蠢而已。"

44

已故传教士的简陋客厅里又只剩下凯蒂一个人了,她躺倒在正对窗户的长椅上,凝神远眺河对岸的庙宇(傍晚的光线又给那座庙宇蒙上了一层奇妙的神秘色彩),竭力地想去理清心中的思绪。她从来也没想过这趟修道院之行能够给她触动。是啊,好奇心已经消失啦,现在没什么好期盼的了。她也没别的事情可做,隔水相望这座围城这么多天后,她也未尝不想瞧一瞧它神秘的街巷。

但是在修道院里的时候,有一会儿她感觉自己像是进入了另外一个世界,一个超然于宇宙之外的世界。那些空荡荡的房间和白色的走廊虽然简陋,却似乎有一种迷离、神秘的气息游荡于其间。那间小礼拜堂看上去是那么粗陋俗气,几乎可以说是一派惨相,然而它却具有某种雄伟的大教堂所没有的东西。它的彩窗和油画是如此拙劣,然而它所包含的信念,人们对它所怀有的崇高情感,却赋予了它纯净的灵魂之美。在这个瘟疫肆虐的中心地带,修道院的工作却是如此一丝不苟、有条不紊,简直就是对这场劫难的嘲讽。凯蒂的耳际又响起了圣约瑟姐妹打开医疗室的门时,那一片鬼哭狼嚎的声音。

她们评论瓦尔特的话也出乎她的意料。先是圣约瑟姐妹,然后是修道院院长自己,她们的声调一到了赞扬他的时候就变得异常欣慰。她们夸奖他时,她竟然会见鬼地感到一阵骄傲。韦丁顿也提到过瓦尔特做的事,但只是称赞他的医术和头脑(在香港就有人说他脑瓜聪明了),这点修女们也肯定过了。然而她们还说他这个人体贴细心,温柔和善。他当然可能非常和善,要是有人病了,那正是他显露身手的时候;他聪明的脑瓜自然知道怎么不弄疼你,上手一定又轻又柔。这个人一出场就让你病痛全无,你不夸他妙手回春才怪呢。现在她明白他的眼里再也看不到那种百般怜爱的神情了，以前她终日与这种神情相伴，只有觉得厌烦。如今她知道他还很会爱别人，并且正在用一种古怪的方式将这种爱倾注到那些把性命交给他的病人身上。她没有感到嫉妒，只是有点惘然若失，就好像她长久以来习惯靠于其上的扶手突然被抽走了，使她一下子头重脚轻，左摇右晃。

回忆起她曾经那么鄙视瓦尔特，现在她只想鄙视自己。她当初怎么看他的，他一定心知肚明，但他一如既往、毫无怨言地爱她。她是个笨蛋，他再清楚不过了；因为他爱她，这一点他也毫不在乎。现在她不再恨他了，也不憎恶，有的只是害怕和困惑。她不得不承认他的身上有出众的优点，甚至有那么一点不易被人察觉的伟大之处。而她竟然不爱他，却爱了一个她现在觉得不值一物的男人，这真是怪事。这些漫长的白天她一直思前想后，查尔斯·唐生究竟哪里值得她爱呢？他只不过是个凡夫俗子，彻头彻尾的二流货色。如果她现在还是成天哭天抹泪，那岂不证明她的心思还留在他那儿？她必须忘了他。

韦丁顿也对瓦尔特评价颇高。唯独她对他的价值视而不见，为什么？因为他爱她，而她却不爱他。一个男人由于爱你而遭到你的鄙视，这人心是怎么长的啊？不过，韦丁顿也承认他不是那么喜欢瓦尔特。看来男人都不喜欢他。可那两位嬷嬷对他的好感是挂在脸上的。看来女人对他另有一番感觉。她们敏锐地感觉到他的腼腆背后隐藏着一颗厚道和善的心。

45

不过要说最令她心有所感的还是那些修女。先说脸蛋红扑扑、始终满脸欢喜的圣约瑟姐妹。她是十年前跟随修道院院长一同来到中国的几位修女之一,这些年来,眼见姐妹们一个个在疾病、穷困和思乡中相继离世,她平日的欢喜之色却并未黯淡下去。她的率真和豁达,到底是从何而来呢?然后是修道院院长,想到这儿,凯蒂似乎觉得修道院院长真的又站在了她的面前,禁不住羞愧起来。她是个从不矫揉造作的朴素女人,骨子里有一种威严,让人对其心生敬畏。这样一个人,与之交往的人自然都会对她多一分敬意。从圣约瑟姐妹的站相、举止以及回话的腔调来看,她对修道院院长是从心底里顺从的。韦丁顿虽然生性轻佻,玩世不恭,可跟修道院院长说起话来照样大为收敛,与平时相比几乎就是畏畏缩缩了。凯蒂觉得韦丁顿告诉她修道院院长的法国望族身份其实是多此一举的。观其举止风度,想必谁也不会怀疑她底蕴深厚的贵族血统。她身上的威严之气,恐怕谁见了都会甘愿臣服。她有优雅高贵之人的温和和圣贤之人的谦卑。在她坚定、美丽,同时略显苍老的脸上,一成不变的肃穆之中从不会少了光彩。她同时还是个和蔼亲切的人，那群小娃娃会毫无顾忌地围在她的身边，吵吵闹闹，只因为他们知道修道院院长深深地爱护着他们。当她看着那四个新生儿的时候，脸上会露出甜美而又意味深长的微笑，就像是一道和煦的阳光照射到了一片荒芜之地上。圣约瑟姐妹随口说起瓦尔特时，凯蒂竟然不明所以地有点感动。她明白他是多么希望她能给他生个孩子，虽然他一贯沉默木讷，但她毫不怀疑他能大大方方地向孩子展露出迷人又逗趣的柔情。多数男人哄起孩子来都是笨手笨脚。他真是个怪人！

然而除了这一幕幕感人的回忆外，在她心头似乎还潜藏着一层阴影（如同银色的云彩边缘镶了一圈儿黑色的乌云），怎么也挥之不去。在圣约瑟姐妹的欢声笑语中，更多的是在修道院院长优雅的待客之道上，凯蒂始终感受到了一种漠然。不消说，她们今天对她是友善乃至热情的，但同时她们还另有所保留，具体是什么凯蒂也说不上来。她觉得对她们来说，她只不过是随便哪一位初来乍到的客人。她们不仅说了一种和凯蒂完全不同的语言，其心思也是和凯蒂相隔万里。修道院的门关上的一刹那，她们会把她忘得一干二净，然后一刻也不耽搁地去忙刚刚落下的活计，就跟她这个人根本没有来过一样。她觉得她不仅是被关在那所小修道院的门外，而且被关在了她孜孜追求的神秘精神花园的大门外。她忽然感到前所未有的孤独。那就是她哭泣的原因。

她疲惫地把头靠在椅子上，哀叹了一声："我是多么无足轻重的人啊。"

46

那天晚上瓦尔特比平时提早一会儿回到了他们的房子。凯蒂正躺在长椅上,面对着敞开的窗户。天已经快黑下来了。

"要点灯吗?"他问道。

"晚饭的时候他们会把灯提上来的。"

他总是随口说点儿琐碎的事,好像他们是两个老相识似的,从他的举动你永远也看不出他对你会心怀怨懑。他从来不朝她的眼睛看,也从来不笑一笑,倒是处处不忘礼貌。

"瓦尔特,如果这场瘟疫结束以后我们还活着,你有什么打算?"她问道。

他停顿了一会儿,没有回答。她看不见他的脸是什么样。

"我还没有想过。"

若在以前,她的脑子里要是跳出什么主意,想也不想就会脱口而出。不过现在她害怕他,没说几句连嘴唇也哆嗦了,心扑通扑通直跳。

"今天下午我去修道院了。"

"我听说了。"

她竭尽全力才说出下面的话来，但嘴唇还是有点不听使唤。

"你把我带到这儿来，真的是想让我死吗？"

"如果我是你就不会在这上面多费口舌，凯蒂。我觉得讨论我们最好要忘掉的事不会有任何好处。"

"但是你没忘，我也忘不了。刚到这儿我就想这个问题，已经想了很久了。你想听听我一直想说的话吗？"

"非常乐意。"

"我对你太不好了。我做了对你不忠的事。"

他像木桩一样牢牢地钉在那里。他不做声反倒更加吓人。

"我不知道你是不是明白我的意思。那种事对于一个女人来说没有什么，一结束就是完了。我认为女人并不能完全理解男人的态度。"她突兀地开了口，从她嘴里发出的声音连她自己都认不出了，"你知道查尔斯是什么样的人，你也看到了他的所作所为。嗯，你是对的，他是个虫豸不如的小人。我当初也是个小人，所以才去跟他交往。我真希望我没去。我不是请求你原谅我。我也不想让你回心转意，让你和以前一样爱我。我只是想我们不能成为朋友吗？看在我们周围正在成千上万死去的人的分上，看在修道院里那些修女的分上……"

"这和她们有什么关系？"他打断了她的话。

"我也不知道怎么解释。今天我到那儿去的时候我就有种感觉，似乎有无尽的意义需要我来体会。那里的情况糟透了，她们作出的牺牲非常感人。我忍不住想——如果你懂我的意思的话——如果你因为一个愚蠢的女人对你不忠就让自己难受，那就太傻太不值得了。我无足轻重，毫无价值，根本不配来烦扰你。"

他还是默不作声，但是也没有走开，似乎在等着她继续下去。

"韦丁顿先生和嬷嬷告诉了我很多关于你的事。我为你骄傲，瓦尔特。"

"这可不像你。你一直是看不起我的。你开始看得起我了？"

"你不知道我怕你吗？"

他又不说话了。

"我没听懂你的意思。"他终于说道，"我不知道你到底想做什么。"

"不是我想做什么，是你。我只是希望你不要再那么不快乐。"

她觉得他整个人似乎僵住了，接下来的回答也是冷冰冰的。

"如果你认为我不快乐，那你就错了。我忙得不可开交，恐怕很少有时间想你。"

"我想知道嬷嬷们是否介意我到修道院帮忙。她们现在很缺人手，如果我能帮上什么，那么我将会非常荣幸。"

"那种活儿既不轻松也一点不好玩儿。我怀疑干不了多久你就会腻的。"

"你真的那么看不起我吗，瓦尔特？"

"不。"他犹豫了一下，声调忽然变得非常奇怪，"我看不起我自己。"

47

晚饭过后,瓦尔特照例坐到灯下,摊开本书读了起来。他大约每晚都要读到凯蒂上床睡觉,然后收起书,到一间已经被他装备成实验室的房间继续忙活,一直干到深夜。夜里他几乎不怎么合眼,一门心思地做那些对凯蒂来说一窍不通的实验。这类事儿他是从来也不跟凯蒂提的,即便是在美满的婚姻时期他对此也是三缄其口,另外他这人本来就不健谈。她深明他信奉的那句话:能言是银,沉默是金。所以她对他的了解很难说有多少,连他说句话也吃不准是真心实意,还是违心敷衍。如今,他恰似一座大山横亘在她的眼前,压迫着她的神经,而她在他眼里呢,算是可有可无的了吗?他爱她的时候,她的三言两语便能把他逗乐,现在他不爱她了,听她讲话是不是已经味同嚼蜡了呢?想到这儿,她心里窘迫极了。

凯蒂向他看去。灯光之下他的侧影就像一座浮雕,端庄的五官极其醒目。他的神情可以说不是严峻,而几乎是残酷。除了眼睛随着书页左右转动,整个身体始终纹丝不动,看着让人胆战。谁会想到这张严酷的脸也会有柔情蜜意的时候呢?她想起他从前的样子，不禁徒生嫌恶。很奇怪，他面孔清秀，诚实可靠，才华出众，可她就是不爱他。如今他的亲吻、爱抚再也不会找上门来了，想想还真让人松了一口气。

她问他执意把她带过来是不是真想叫她死时，他反而闭口不答。那个令她惶惶不可终日的答案到底是什么呢？像他这样心地善良的人，绝不可能生出如此恶毒的主意。他的初衷应该只是想吓吓她，同时向查尔斯报复（这符合他一贯的嘲讽做派），后来出于固执，或是保全面子才会一点也没松口，硬要她来。

还有，他说他鄙视自己，这话到底是什么意思？凯蒂又看了看他那张冷静、严肃的面孔，那神情就好像这屋里根本没有她这个人似的。

"你为何要鄙视自己？"她脱口而出，几乎没有意识到自己开了口，好像是接着傍晚那句话茬儿说的，中间一点没停顿过。

他放下书，沉思般地看着她，似乎想把自己从遥远的思绪中拉回来。

"因为我爱你。"

她脸红了，朝别处扭过头去，他冷峻、凝滞、品评的眼光让她招架不住。她明白他的意思，等了一会儿她说话了。

"我觉得你对我有失公正。"她说道，"因为我愚蠢、轻佻、虚荣，你就责备我，这对我是不公平的。我就是被这样教养大的，我身边所有的女孩都是如此……你不能因为一个人不喜欢听交响音乐会，不会欣赏音乐就责备他。你不能强求我不具备的东西，否则对我就是不公平。我从来没欺骗过你，假装我会这会那。我有的仅仅是可爱漂亮，天性活泼。你不能指望到集市的货摊上买珍珠项链和貂皮大衣，你是去那儿买锡做的小号和玩具气球的。"

"我没有责备你。"

他的声音有气无力,她甚至生出些火气来了。为什么他就不能明白呢?她已经一目了然了。和笼罩在心头的对死亡的恐惧相比,和那天她偶见的神圣的自然之美相比,他们之间的事儿不是过于渺小琐屑了吗?一个愚蠢的女人红杏出墙又能怎么样?为什么她的丈夫就不能轻描淡写,过去就让它过去了呢?枉他瓦尔特聪明一世,到了这会儿却孰轻孰重也分不清。他当初是情人眼里出西施,把她当成无价之宝供奉起来,后来发现她其实是金玉其外,就再也不肯原谅自己,也不原谅她。他的灵魂已经裂成两半儿了,他苟活到现在纯粹是一派假象。当真相豁然摆在眼前的时候,他的生活其实就已经完了。明摆着的事,他不会原谅她,因为他根本不能原谅他自己。

她恍然听到他轻轻地叹了一声,便飞快地朝他看了一眼。她的心里猛然涌出了一个词儿,几乎叫她喘不上气,差一点叫出声来。

他现在的样子,难道就是人们所说的——心如死灰?

48

第二天,凯蒂的脑子里一天到晚都是那所修道院。过完一夜，瓦尔特刚走，天还很早，她就吩咐佣人去给她准备轿子，然后叫佣人陪着过了河。天刚蒙蒙亮，渡船上挤满了中国人，有的是套着蓝布褂子的农民，有的是身披黑袍的老爷。他们一个个眼神古怪，脸如死灰，好像这趟渡船是把他们送到阴间去似的。等到了岸，他们下了船来，竟有些茫然地站在岸边，好像想不起来要去哪里，过了一会儿才三三两两地朝山上爬去。

这个时候大街上冷冷清清的，俨然一座死城。路上的行人多是一副心不在焉的神态，让人以为是撞见四处游荡的幽灵了。天上一朵云彩也不见，和煦的晨光照在地上，叫人心里暖洋洋的。很难想象在这样一个清新愉悦的早晨，这座城市已经如同一个被疯子掐住脖子昏死过去的人，在瘟疫的魔爪下奄奄一息了。人们正在痛苦中挣扎，在恐惧中死去，而这美丽的自然（蓝蓝的天空清澈透明，宛如孩童净洁的心）竟然无动于衷。轿子停在修道院门口的时候，一个乞丐从地上站起来，朝凯蒂讨要东西。他衣衫褴褛，好像在粪堆里爬过似的。透过衣服的破口子，她看到他的皮肤粗糙难看，黑得像山羊皮，双腿赤裸着，骨瘦如柴。他蓬头垢面，脸颊陷进去了一个窝儿，眼神狂乱野蛮，简直就像一张疯子的脸。凯蒂惊恐不已地转过身去，轿夫大喊一声叫他滚开，但是他缠扰不休，就是不肯走。为了赶紧打发他走，凯蒂颤抖着给了他一些小钱。

门开了，佣人向门内的人解释说凯蒂想见见修道院院长。她再一次被带到了那间令人窒息的会客室，屋里的那扇窗户似乎从来也没打开通过风似的。她坐了很长的时间也不见修道院院长过来，不禁怀疑是不是她的话没有传到。终于，修道院院长走了进来。

"让你久等了，我恳求你的原谅。"她说道，"对你的到来我毫无准备,正忙得抽不开身。"

"很抱歉打扰了你。我恐怕是在你不方便的时候前来造访了。"

修道院院长朝她肃然而又甜美地致以微笑,并请她坐下来。凯蒂发现她的眼睛肿了,看上去是刚刚哭过。这令凯蒂颇为惊讶,因为在她的印象中,修道院院长可不是为世俗烦扰轻易动容的人。

"恐怕这里发生了什么事。"她支支吾吾地说,"如果不方便,我这就回去,可以换个时间再来。"

"不,不用。你有什么事请讲。我只是……只是昨天晚上我们的一个姐妹去世了。"她的声音颤抖起来,眼里充满了泪水,"我徒作悲伤是有罪的,因为我知道她善良单纯的灵魂已经直升天堂,她是一个圣人。但是要克服我们的弱点太难了,恐怕我不是个能够一贯保持理性的人。"

"我感到非常遗憾,我感到非常非常遗憾。"凯蒂说。

因为她无处不在、随时发作的同情心,说话之时就已经抽泣起来了。

"她是十年前随我从法国一同过来的姐妹之一。现在,那时的伙伴只剩下我们三个人了。我记得,那时我们大家站在船尾(你们管它叫什么?船艄?),随着蒸汽轮船离开了马赛港。我们远远望见了圣母玛利亚的金色雕像,便一同念出了祈祷词。自从入教以后,我最大的希望就是教会派遣我到中国去。然而当我看到故土在我眼前远去的时候,还是忍不住哭了起来。我是她们的院长,没有给孩子们做好榜样。圣弗朗西丝·夏维姐妹——她昨晚已经死了,当时她握住我的手,让我不要悲伤。她说,无论我们走到哪里，法国和上帝都在我们心中。"

源于人之本性的悲痛，与理智和信念激烈地交锋着，使她肃穆而美丽的面孔扭曲了。凯蒂看向了一边，她觉得对身处此种情形的人的窥视是低级无礼的。

"我刚才一直在给她的父亲写信。她和我一样，是她妈妈唯一的女儿。他们是住在布列塔尼的一家渔民，这个消息对他们来说太残酷了。呃，这场可怕的瘟疫何时才会停止？今天早上我们的两个小女孩也发病了，除了奇迹，没人能救得了她们。这些中国人没有一点抵抗力。失去圣弗朗西丝姐妹对我们来说太严酷了。我们要做的事情很多，而现在人手又少了一个。虽然中国各处修道院的姐妹们都很想赶过来，我们的教会会为这个地方奉献一切（可惜他们一无所有），但是来这里就几乎意味着死亡。只要我们现有的姐妹尚能应付下去，我绝不想再有姐妹来白白牺牲。"

"你的话激励了我，嬷嬷，"凯蒂说道，"很遗憾我在一个令人悲伤的时刻到来。那天你曾说姐妹们人手不够，我便想你能否容许我前来帮忙。只要我能对你们有用，我不在乎能帮上什么。即便你安排我擦地板，我也会十分感谢。"

修道院院长愉快地笑了。这令凯蒂吃了一惊，她不承想此人的性情如此多变，这么轻易地便破涕为笑。

"无须由你来擦地板。那些孤儿马马虎虎也能凑合做。"她停了一下，然后十分和蔼地看着凯蒂，"我亲爱的孩子，你不觉得你随丈夫前来就已经做得够多了吗？不是每个妻子都有这个勇气。除此之外，你若能在他劳累一天回到家之后，安慰他，让他安安静静休息，就没有比这再周到的了。请相信我，那时他需要你的爱和你的体贴。"

凯蒂几乎不敢看修道院院长的眼睛。那双眼睛不偏不倚直对住凯蒂的脸，流露出颇具讽刺意味的亲切感。

"我恐怕从早到晚一直无事可做。"凯蒂说道，"一想到你们的工作如此繁重，而我整天游手好闲，我就再也待不下去了。我不想给你们添麻烦，也深知我无权苛求你的慈悲，浪费你的时间，但我的话是真心实意的。假如你能给我伸手帮忙的机会，对我来说将是莫大的恩赐。"

"你的身体看起来不是很好。前天你光临此地时，我发现你脸色苍白。圣约瑟姐妹还以为你怀上了孩子。"

"不，不！"凯蒂叫道，脸一直红到了耳根。

修道院院长铜铃般地咯咯笑了起来。

"这没有什么可感到难为情的，我亲爱的孩子，这一猜测也不是凭空想象。你们结婚多久了？"

"我脸色苍白是因为我天生如此，实际上我的身体非常结实。我可以保证我干得了累活儿。"

修道院院长神情严肃起来，不自觉地树起一副权威的姿态，这才是她惯常的样子。她品评的眼光紧紧地盯住凯蒂，凯蒂莫名地紧张起来。

"你会说汉语吗？"

"恐怕不会。"凯蒂回答说。

"啊，那太遗憾啦。我本来可以把年岁大一点的女孩们交给你照料。但是现在看来很难，恐怕她们会——用英语怎么说？无法无天？"她沉吟着下了定论。

"我能为姐妹们搭把手吗？我一点也不怕霍乱，女孩们和士兵们都可以交给我来照顾。"

修道院院长脸上的微笑消失了,她面色深沉地摇了摇头。

"你对霍乱一无所知。那种场景惨不忍睹,十分吓人。医疗室的工作是由士兵来完成的,我们只需一个姐妹监看就可以了。至于那些女孩……不,不,我确信这不是你的丈夫所希望的。那是相当可怕的场面。"

"我会慢慢习惯的。"

"不,我不能给你这个机会。这是我们的分内工作,也是我们的特权。我们绝无请你前来的意思。"

"你使我觉得我是个无足轻重、一无是处的人。我不相信这里没有一件我能胜任的工作。"

"这个打算你跟你的丈夫商谈过吗?"

"商谈过。"

修道院院长瞧着凯蒂,好像要把她心里藏的秘密都看穿似的。她觉察到凯蒂焦急、恳切的神情,便微微一笑。

"当然,你应该是个新教徒吧?"她问道。

"是的。"

"那问题不大。维森医生,也就是已经去世的传教士,也是一位新教徒。那没有什么两样,他是我们最亲的人。我们对他怀着无比感激的心情。"

凯蒂欣喜地一笑,但她什么也没说。修道院院长沉思了一会儿,然后站起身来。

"你是一个心肠很好的人。我想我可以找点什么交给你做。毋庸讳言,圣弗朗西丝姐妹离开我们以后,她的工作就没有人来顶替了。你什么时候可以开始?"

"现在。"

"好极了。我很高兴听到你这样说。"

"我向你保证我会竭尽全力。十分感谢你给我这样一个机会。"

修道院院长打开了会客室的门,正要出去,忽又迟疑了一会儿。她再次意味深长地看向了凯蒂,一只手轻轻地搭在凯蒂的胳膊上。

"你知道,我亲爱的孩子,安宁,在工作中是找不到的,它也不在欢乐中,也不在这个世界上或者这所修道院中,它仅仅存在于人的灵魂里。"

凯蒂听了稍作惊诧,然而修道院院长已经快步离开了。

49

凯蒂发觉修道院内的工作让她的精神焕然一新。每天早晨太阳刚刚升起,她就风风火火地赶到修道院,直到西沉的夕阳将那条小河与河上拥挤的舢板铺洒上一层金色,她才从修道院回到他们的房子。修道院院长把照看年岁较小的孩子的差事交给了她。凯蒂的母亲嫁到伦敦时,把利物浦娘家的主妇才干也一同带了过去,虽说凯蒂生性轻佻,但也耳濡目染,颇得了一些母亲的真传,尽管她这身本事从来都是她自嘲的笑料。凯蒂可以说精通厨艺,还有一双善于缝缀的巧手,当她的才干渐渐显露出来的时候,便顺理成章成了做裁剪、缝缀的女孩们的监工。这些女孩稍懂一点法语,她每天都能跟她们学一两句中国话,好让她监管起来也容易一些。其他的时候她还得照看岁数更小的那帮孩子,不单要防着她们淘气打闹,还要给她们穿穿戴戴,该睡觉的时候叫她们睡觉。那群小婴儿虽然有保姆照顾着,但她也被要求时时地去看上一两眼。这些活计都是琐琐碎碎的,她宁愿干点儿费力气的活儿。然而修道院院长对她的申诉始终置之不理,凯蒂出于敬畏,没敢死磨硬泡来烦扰院长。

起初的几天,她尚需克服对那些小女孩的微微嫌恶感。她们穿着丑陋的统一制服,黑色的头发结成了一团,圆圆的脸呈焦黄色,眼睛显得又黑又大。不过她清晰地记得初次造访修道院时,院长曾被这群难看的小东西团团围住,她当时的面容显得那么温馨慈祥。凯蒂一方面要向院长学习,一方面也不想输给自己骨子里的本能。现在,当这些小小的生命因为摔了一跤或者长牙而号啕大哭时,凯蒂会毫不忌讳地把她们抱在怀里,一点也没有异样的感觉。她会柔声地说两句她们听不懂的话,胳膊轻轻地搂住她们,脸颊贴在她们哭着的小黄脸儿上,接着她们就乖乖地不哭了。这些小孩对她早已不认生,遇到什么困难的事儿就会来找凯蒂。看到她们对自己如此信赖,凯蒂的心里异常高兴。那些跟她学裁缝的女孩也给了她同样的感受。她们欢快、聪慧,每当凯蒂说一句夸奖的话,她们就会特别开心,这些都打动着凯蒂。她感到她们喜欢她,令她受宠若惊又骄傲自豪,反过来她也更疼爱她们。

但是她始终无法驱除对其中一个孩子的嫌恶感。那是一个六岁的小女孩，因为脑积水而变成了白痴。她头大身小，走起路来头重脚轻，摇摇晃晃。她的眼睛空洞无神，嘴角总是淌着口水，口中常常嘟哝着含含糊糊的词儿，声音特别刺耳，让人难受。她令凯蒂觉得厌恶和恐惧，可是不知为什么，她对凯蒂似乎相当依恋，偌大的房间里，凯蒂到哪儿，她就跟到哪儿。她拽住凯蒂的裙子，把脸贴到凯蒂的膝盖上磨蹭，还伸手想够到凯蒂的手。凯蒂厌恶得全身颤抖，虽然她明白这个孩子是在寻求她的爱抚，但是她无论如何也没有勇气碰她。

有一次，她跟圣约瑟姐妹提起了那个孩子，说她活着真是一件不幸的事。圣约瑟姐妹微笑了起来，朝那个畸形儿摊开手臂。那个小孩跑过来，硕大的脑袋在圣约瑟姐妹的手上厮厮磨磨。

"可怜的孩子，"嬷嬷说道，"她被抱来的时候几乎已经快死了。我主仁慈，送过来那会儿我正好在门口。我觉得事不宜迟，就一刻也没耽搁给她做了洗礼。你根本不会相信我们费了多大的劲儿才把她救活了。有三四回我们都以为她小小的灵魂已经飞去了天堂。"

凯蒂默然无语，而圣约瑟姐妹滔滔不绝的嘴又开始聊起别的事儿了。第二天，那个弱智孩子又跑到了她的跟前，碰了碰她的手。凯蒂鼓足勇气把手放到孩子那大大的光光的头上抚摸，并强迫自己挤出一个微笑。然而那个孩子突然一反常态走开了，似乎对凯蒂失去了兴趣，而从此以后，她再也没有搭理过凯蒂。凯蒂不明白自己到底做了什么，她试着朝她微笑，伸手示意她过来，可她总是把头一扭，假装没看见凯蒂。

50

修女们一天到晚里外忙活,除了在简陋的礼拜堂里做礼拜的时候,凯蒂很少看见她们。来帮忙的第一天,凯蒂来到礼拜堂,坐到后排的长凳上,前面是几排按照年龄大小的顺序就座的女孩儿。修道院院长看到了她,便走过来和她说话。

"做礼拜的时候,你本无须前来。"她说道,"你是新教徒,只需恪守新教的信念。"

"不过我乐意来此,院长。在这里我觉得能使我全身放松。"

修道院院长凝视了凯蒂片刻,而后肃穆地略一俯首。

"当然了,你应该按照你的心意来做。我只是想让你明白,你并无来此的义务。"

没过多久,凯蒂就在礼拜堂里和圣约瑟姐妹混在了一起,两人的关系即使不是亲密,也是相当熟稔了。这位姐妹掌控修道院的经济财政大权,为了这一大家子的福利问题,从早到晚腿都要跑断了。她说一天之中唯一放松的时刻,就是在礼拜堂里念祈祷词了。每到傍晚凯蒂带着她那些手上还拿着活儿的徒弟走进来的时候,圣约瑟姐妹都会欣喜万分,忙不迭地对凯蒂声称她已经累得动弹不得,赶紧坐下来东拉西扯一会儿。修道院院长若不在场,她就是一个欢天喜地、滔滔不绝的姑娘,不但笑话一个接一个地讲,还对各色丑闻韵事评头论足。凯蒂对她没有丝毫的忌惮,圣约瑟姐妹自然也敞开心扉,在凯蒂面前俨然是一位外表朴实、心地善良的女子。凯蒂兴高采烈地与之闲聊,对自己拙劣的法语不加掩饰,两人还常常因为凯蒂的某个语病而笑作一团。凯蒂每天都从圣约瑟姐妹那里学来几句实用的汉语。圣约瑟姐妹是农夫的女儿,而至今在心底里还是个农民。

"我很小的时候就会放牛了。"她说道,"就跟圣女贞德一样。但是我心眼太坏,肯定成不了贞德。这够幸运的,我想,因为要是我敢胡思乱想,我的父亲就会拿鞭子抽我。那个好老头儿,他过去没少抽我,因为我小时候特别淘气。现在想起那时候搞的恶作剧,我还忍不住脸红呢。"

这位身材圆胖的中年修女也曾是个任性的娃娃,想到这个凯蒂就觉得好笑。不过,即使是现在,她的身上也还流露着一股孩子气,让人不由自主地想和她亲近。她的身上似乎散发着秋日乡村所特有的馨香,那时苹果树被丰满的果实压弯了枝头,庄稼已经收割完毕,去壳入仓了。修道院院长具有圣人般的悲怆、苛刻,而她仅仅是单纯地快乐着。

"你从来没想再回家去吗,姐妹?"凯蒂问道。

"呃,没有过。要想回去太难了。我喜欢这里,尤其是跟那些孤儿在一块儿的时候,从来没有那么高兴过。她们心好,对你心怀感激。一个修女(即便是位修女)要是有一个妈妈,她还老惦记着小时候喝过她的奶水,这也挺好的。我的妈妈很老了,真想再见她一眼。不过她的儿媳妇讨她欢喜,我哥哥对她也很孝顺。他的儿子快长大了，我看不久他们就会看到农场里又添了一个壮劳力。我从法国走的时候他还是个孩子，但那时候他的手一看就知道将来能撂倒一头牛。"

在这间平静的房间里听这位嬷嬷的闲聊，你很难想到其时霍乱尚在墙外肆虐。圣约瑟姐妹的无忧无虑也感染了凯蒂。

圣约瑟姐妹对世上的各个国度及其居民充满了好奇。她向凯蒂问了无数关于伦敦和英格兰的问题。按她以前的想法，英格兰到处浓雾弥漫，到了正午也是伸手不见五指。她还问凯蒂是不是舞会上的常客，是否住在一所豪华的大房子里，以及有多少个兄弟姐妹等等。她常常说起瓦尔特，修道院院长就说他是个出色的人，她们每天都给他祈祷。凯蒂嫁了这样一个善良、勇敢、聪明的好丈夫，是多么有福气啊。

51

哪怕她们谈得再热火朝天，圣约瑟姐妹也总会把话题引到修道院院长身上。刚进这修道院凯蒂就意识到这里到处笼罩着修道院院长的影子。人们爱她，钦佩她，敬畏她，当然也害怕她。她对凯蒂倒是慈眉善目，但凯蒂在她面前总觉得自己像个女校学生，一身的不自在。她会不由自主地对院长心生敬意，对此她窘迫不已。圣约瑟姐妹曾率真地告诉凯蒂，修道院院长的出身可是法兰西的名门望族，她的祖先声名显赫，史册留名。欧洲的国王里头，有一半跟她沾亲带故。西班牙的阿方索国王还跟她的父亲一同打猎呢。她们家的城堡在法国遍地都是。这么奢华的生活，要放弃得多难啊。凯蒂面带微笑地听着，但其实已深受触动。

"事实上，你只要稍微看她一眼，"圣约瑟姐妹说道，"就能知道她出自一个伟大的家族。"

"她的手是我见过最美的手。"凯蒂说。

"啊，你还得知道她是怎么用那双手的。她可是什么活儿都干，我们的好嬷嬷。"

刚来到这座城市的时候，她们还什么都没有，连修道院都是自己盖起来的。修道院院长设计好了修道院的蓝图，然后负责监管工程的进度。她们几乎刚落下脚就开始收留那些被父母遗弃的婴儿，这些婴儿不是被放在殓尸盒里丢掉，就是被残忍的接生婆直接扔了。起初她们连张睡觉的床也没有，窗户上也没安玻璃来挡挡夜风。（"卫生些的东西，"圣约瑟姐妹说道，"更是一点也没有。"）她们的经济状况时常捉襟见肘，不要说给泥瓦匠的工钱了，连她们自己的日常起居都难以为继。她们活得跟农民似的，嗯？不对，圣约瑟姐妹那句法语的意思是，她们吃的饭就跟给她爸爸干活的那些法国农民喂给猪吃的差不多。这时修道院院长会把她的孩子们召集到身边，然后叫大家一起跪下来祈祷，圣母玛利亚就会送钱来了。可不是，第二天就会收到一千法郎的汇票。要不就是她们还跪在地上的时候，一个陌生的英国人（说新教徒也行，随你的便）甚或是一个中国人就会来敲她们的门，给她们送礼物来啦。有一回实在是撑不下去了,她们向圣母玛利亚发誓要把九日经背下来,恳请她发发慈悲,拯救她们。你说怎么着?第二天那位逗笑的韦丁顿先生就来了,他说我们的眼神看上去特别想念烤牛肉,就给了我们一百美金。

他是多有趣的一个小男人啊,看他的秃头,他精明的小眼睛(那双眼睛真是诡计多端),还有他那些笑话。我的主啊,瞧他把法语糟蹋成什么样子了,可你就是能让他逗乐。他那副乐天派的样子从来也不改,这可怕的瘟疫发生以来,他反而过得跟度假似的。他的性情太像法国人了,瞧瞧他的智慧,哪儿像个英国人。就是他的口音重了点儿。不过有时候圣约瑟姐妹觉得他是故意说错逗你笑呢。当然了,他在道德上是出了点问题,不过那是他自己的事儿啦(圣约瑟姐妹长叹一声,把肩一耸,直摇头)。他还是个单身汉,年纪也还轻。

"他出了什么道德问题,姐妹?"凯蒂微笑着问道。

"你居然不知道?告诉你这个是我的罪过。他的私事我可不想提。他跟一个中国女人住呢,不是汉人,是满洲人,好像是位格格,她爱他爱得要死。"

"听起来太不可思议了。"凯蒂叫道。

"不,绝不,我敢保证,再没有比这个更千真万确的了。他有罪,真不该做那样的事。你没听到吗?你第一回来修道院的时候,他不吃我特意做的玛德琳蛋糕,我们的好嬷嬷说他的胃叫满洲菜搞坏了。她就是指的那件事,你也看见当时他的脸色了。这个故事还挺离奇的。好像是大革命的时候他在汉口待过,当时军队正在驱逐满人,好心的韦丁顿先生正好救了一家贵族的命。这家人是皇亲国戚。那个姑娘疯狂地爱上了他,然后呢,你就都能想象得到了。他离开了汉口,她也从家里跑出来跟着他。现在也是,他走到哪儿,她就跟到哪儿。他不得已让她留了下来,可怜的家伙,我敢说他非常喜欢她。有时候这些满洲女人挺漂亮的。呃,我在这儿乱说什么呢?还有一大堆事没干呢,我却还在这儿坐着。我不是一个好修女,为此我感到羞愧。"

52

凯蒂有种奇怪的想法,她感觉自己在不断地成长。没完没了的工作占据了她的心思,在和别人的交往中,她接触到了新的生活,新的观念,这启发了她的思维。她的活力又回来了,她感觉比以前更健康,身体更结实。她曾经除了哭什么都不会做。让她颇为惊奇而又困惑不解的是,她发觉自己时常开怀大笑。她已经习惯待在这块瘟疫肆虐的中心地带了,虽然她明知身边有人在随时死去,但是已经能叫自己不去胡思乱想。修道院院长禁止她到医疗室里去,可是那扇紧闭的门越发激起她的好奇心。她很想跑过去偷偷朝里面看两眼,但是那保准会被人发现。修道院院长不知会用什么方法来惩罚她呢。要是她被赶走可就太糟了,她现在专心致志地照顾那群孩子,如果她走了,她们肯定会想念她的。

她真不知道要是没有了她，她们可怎么办。

有一天她忽然想到已经一个礼拜既没想起查尔斯·唐生也没梦见过他了。她的心脏猛烈地跳动着，她成功了。如今她可以冷静、漠然地思量他，她不再爱他了。呃，如释重负的感觉真好啊！想想过去，她是多么荒谬地渴求他的爱。当他弃她不管的时候，她几乎快要死了。她悲哀地认为她的生活从此只能与酸苦为伴，而现在她不是笑呵呵的吗？他这个毫无价值的东西。她简直是把自己当成傻瓜了。现在冷静地想一想，她那时到底看上他什么了？很幸运，韦丁顿对此还一无所知，不然她可受不了他那双恶毒的眼睛和那张含沙射影的嘴。她自由了，终于自由了，自由了！她都要忍不住高声欢叫起来了。

孩子们正在玩追逐的游戏，平时她都是微笑地看着，任由她们玩儿，只要注意别太吵闹、别磕磕碰碰了就行。现在她神清气爽，忽而觉得自己也跟她们一般年纪，上去和她们一起玩起来。她的加入让小女孩儿们异常高兴，她们满屋子里追追跑跑，使出最大的劲儿狂叫，兴奋得忘乎所以，那股劲儿都快飞到天上去了。吵闹声异常响亮，凯蒂都没注意到。

门突然开了，修道院院长出现在门口。凯蒂窘迫不已，慌忙从孩子的包围中挣脱出来。那群孩子正抓住她高声尖叫。

"你就是这样让孩子又乖又静的？"修道院院长的脸上带着笑容。

"我们在玩游戏，院长。她们太兴奋了。这是我的错，是我把她们带成这样的。"

修道院院长走了过来，孩子们像以往一样簇拥到她的周围。她把手放在她们小小的肩膀上，揪了揪她们的小黄耳朵，然后温和地望着凯蒂。凯蒂面红耳赤,呼吸也局促起来。她亮丽的眼睛忽闪忽闪的,润泽的头发在打闹和欢笑的时候散乱了下来,显得更加妩媚动人。

"你的容貌真美,孩子。"修道院院长说道,"看见你叫人赏心悦目。难怪这群孩子喜欢你。"

凯蒂的脸越加红了,眼里又无缘无故地忽然涌出了泪水。她用双手捂住了脸。

"呃,院长,你让我感到非常惭愧。"

"唉,别傻了。美丽是上帝赐予的礼物,最罕有、最珍贵的礼物。如果我们幸运地拥有美丽,就应该心怀感激。如果我们没有,那么就应该感谢别人的美给我们带来了愉悦。"

院长又微笑了起来,用手轻轻地碰了碰凯蒂柔嫩的脸颊,好像凯蒂也是一个孩子似的。

53

自从来到修道院干活儿以后,凯蒂就很少再看见韦丁顿。有那么两三回,他曾下到河岸边跟凯蒂碰个面儿,然后两人一起上山。他也来喝过威士忌和苏打水,不过一般不留下吃晚饭。有一个礼拜天，他提议他们务必共同享用一回午餐，坐上轿子到一座佛庙游览一番。这座佛庙离城大约十英里远，是远近闻名的朝圣之所。由于修道院院长坚持让凯蒂每个礼拜休息一天，所以礼拜天她都是待在家里。而瓦尔特还像往常一样忙碌，自然无法奉陪。

为了避开中午的酷暑，他们一大早就动身出发，坐上轿子在稻田里的一条狭窄堤道上行进。时不时地会经过一处农舍，它们隐藏在竹林里，恰好与竹林相得益彰，远望去是一处十分养眼的风景。凯蒂乐得享受一回清闲，在城里关了这么久，难得欣赏乡村野外的风光。他们抵达了寺院，寺院其实就是坐落在河岸的几处低矮的房子，几棵参天大树将阴凉罩在房子上。一位面容和善的和尚带着他们穿过空旷静谧的庭院，来到一所庙堂，里面供奉着数排面目狰狞的神佛罗汉。佛龛内矗立着一尊佛陀像，面容淡远、慈悲，似在冥思，嘴角有一丝淡淡的笑意。佛堂内笼罩着一股阴沉悲戚的气氛，四处观瞧，表面富丽堂皇，但用料、工艺都属二流，而且已经褪色略显破败了。佛像上积了一层厚厚的尘土，而人们对佛陀顶礼膜拜的虔诚之心似乎也消亡不再了。打坐的和尚弟子似乎饱受痛苦的折磨，一旦令下便会如鸟兽散。方丈慈祥和善，谦恭有礼，但脸上有种听天由命的自嘲之意。可以想见，几日之内，院内弟子便会从此阴凉惬意之地四散而去，而庙堂便从此败落，任由风雨侵蚀，草木蔓延。无人供奉的神像会饱受枝蔓缠绕，庭院内树木丛生。神佛菩萨自然会飞升而去，只剩邪灵恶鬼在其中出没了。

54

他们在一处小型建筑的台阶上坐了下来（四根上了漆的柱子，高高的砌瓦顶盖，下面悬挂了一口巨大的铜钟），眺望着朝城市缓缓流去的曲曲折折的小河。他们能够望见城墙上的垛口，热浪正像棺罩一样盖在城墙的上方。河水十分平静，但还是能察觉到水在流动，远远望去，给人一种逝者如斯的悲凉感受。一切都在流走，过去之后可曾找寻到它们留存的痕迹？凯蒂觉得人类也和这河中的水滴一样，永不停歇地流走，彼此摩肩接踵却又相隔万里，大家融成一股无名的潮流，直至汇入大海。人世间的一切都是如此短暂易逝，没有什么能够长久留存，而人们却常常为了区区小事互不相让，两败俱伤，那不是太可悲了吗？

"你知道哈林顿花园吗？"她问韦丁顿，美丽的眼睛里充满笑意。

"不知道。怎么啦？"

"没什么。那里离这儿很远，我家就在那里。"

"你想回家了？"

"没有。"

"我估计再有两个月你就可以回去了。目前来看这场瘟疫正在消退,天气一凉下来就能彻底完事儿。"

"我觉得有点舍不得走。"

有一会儿她想到了将来。她猜不出瓦尔特是怎么打算的,他什么也没告诉过她。他冷淡、礼貌、少言寡语,很难看出他到底怀着什么心思。他们这两珠水滴无声无息地流向未知的将来,他们彼此熟知,在对方眼里是独特的个体,而在别人看来,仅仅是亿万颗相似水滴中的两滴而已。

"留心,别让嬷嬷们叫你改信了天主教。"韦丁顿坏笑着说道。

"她们太忙了,没时间计较什么。她们那么出色,心肠那么好,但是,我也说不上来为什么,我和她们之间似乎始终隔着一堵墙。我不知道那堵墙具体是什么。她们之间好像流传着一个共同的秘密,使她们与别人不一样,而我无权分享这个秘密。这不是信仰问题,那是一种更深的东西,更……更有意义的东西。她们行走在一个和我们截然不同的世界上,对她们来说,我们永远是陌生的局外人。每天修道院的门在我身后关上的时候,我觉得从那时起我对她们来说就不存在了。"

"我能理解,那对你的虚荣心来说是个打击。"他嘲弄地回应道。

"我的虚荣心。"

凯蒂耸了耸肩,然后又微笑起来,慵懒地转向韦丁顿。

"为何你从来也不告诉我你跟一个满洲的格格住在一起?"

"那些多嘴的老女人跟你说了些什么?我敢保证,对于修女来说,谈论海关官员的私生活是有罪的。"

"为什么你对此这么敏感?"

韦丁顿的眼光垂向了地面,避开凯蒂,一副诡秘的样子,然后稍稍耸了耸肩膀。

"那不是值得大书特书的事。我不认为它会让我的仕途更为光明。"

"你很喜欢她吗?"

他扬起了脸,那张丑陋的小脸儿就像个淘气的小男孩。

"她为了我放弃了一切,她的家,家人,安定,还有自尊。自从她不顾一切跟我走以后,已经很多年过去了。有两三回我把她送了回去,但马上她又跑了回来。我偷偷地溜掉过,但是她跟我跟得很死。现在我认输了,下半辈子只能跟她一起过了。"

"她一定爱你很深。"

"那是一种很有趣的感受,你知道。"他回答道,前额上挤出了几行纹路,"我一点也不怀疑,要是我真离开了她,她保准会自杀。不是因为她恨我,这事其实相当自然,没有我她就不想再活下去。意识到这个对一个人来说是相当奇特的感受,无论如何你不得不加以审视。"

"但是,重要的是爱一个人,而不是被人爱。一个人对爱他的人可以丝毫没有怜悯之心;如果他不爱她们,就只会觉得她们厌烦。"

"我没有经历过复数的她们,"他说道,"我只经历过单数的她。"

"她真的是皇族的公主吗?"

"不,那群嬷嬷太会夸大其词了。她出身于一个满洲的大家族,当然了,这样的家族已经都被大革命毁了,败落了。但不管怎么样,她是位大家闺秀。"

他的声调不无骄傲,凯蒂的眼中闪过一丝笑意。

"你要在这里过完下半辈子?"

"在中国?是的。去别处她没法生活。等我退休了我会在北京买一处小房产,在那儿一直过到死。"

"你有孩子吗?"

"没有。"

她纳闷地看了看他。这位秃头、脸长得像猴子的小男人,哪来的能耐叫一个异族女人死心塌地地爱他呢?他说起她的时候虽然漫不经心、言词轻佻,但凯蒂还是强烈地感受到那个女人爱他至深。这叫她百思不得其解。

"到哈林顿花园还有很长的路要走。"她微笑着说道。

"为什么这么说?"

"我不懂的事情实在太多。生活是那样的奇特陌生。我就像一个一辈子坐井观天的人,一下子看见了大海。我喘不过气来,同时又兴致盎然。我不想死,我想活下去。我感到了新的希望。我就像一个顽固的老水手,又升起帆向着未知的大海起航了。我的心渴求着未知的世界。"

韦丁顿全神贯注地看着凯蒂。她遐思的目光正落在平静的河面上。两珠水滴无声地流走,流向灰暗的永恒的大海。

"我可以前去见见这位满洲的女士吗?"凯蒂突然抬起头问道。

"她一句英语也不会说。"

"一直以来你对我很好,为我做了很多事,或许我可以用我的方式向她表示我的友好。"

韦丁顿露出了嘲弄的微笑,但他爽快地作出了回应。

"某一天我将去你的房子接你,她会让你尝尝茉莉花茶的味道。"

她不想告诉韦丁顿,他们的异国恋情从一开始就深深地迷住了她,那位满洲公主好似某种事物的象征,隐隐约约、持续不断地向她发出召唤。她谜一般地指向了一片神秘的精神居所。

55

然而一两天后让凯蒂预料不到的事发生了。

她与往常一样一早来到了修道院,开始着手一天之中的第一件工作:照料孩子们洗脸穿衣。由于修女们坚持认为夜风对人危害无穷,所以孩子们的宿舍整个晚上都是门窗紧闭,因而空气污浊不堪。凯蒂刚刚享受完早晨的新鲜空气,一走进来就得赶忙捂住口鼻,尽快地把窗户打开通通风。这天她刚走到窗户底下,胸口忽然传来了一阵恶心感,只觉得天旋地转。她靠在窗户上,试图让自己清醒过来,她还从未经历过这么强烈的感觉。不一会儿,又一股恶心感袭来,她忍不住哇的一声呕吐出来。孩子们被她的叫声吓坏了,给她帮忙的那个年长一点的女孩跑了过来,看到凯蒂脸色煞白,浑身颤抖,她惊呼了一声愣在那里。是霍乱！这个想法在凯蒂的脑子里一闪而过，死亡的阴影一下子慑住了她。她恐惧至极，黑夜的可怕感觉顺着血管流遍了全身。她挣扎了一会儿。她感到她的神经快要崩溃了，接着眼前一黑昏了过去。

她睁开了眼睛，一时认不清自己是在什么地方。她好像是躺在地板上，脖子动了一动，感觉头下垫了一个枕头。她什么也想不起来了。修道院院长跪在她的旁边，手中捏着一块嗅盐，在她的鼻孔处摇来摇去。圣约瑟姐妹则站在一旁望着她。她猛地一惊，那个念头又回来了，霍乱！她发现了修女们脸上的惊恐之色，圣约瑟姐妹的身形看起来比平时大，身体的轮廓模模糊糊地辨不清楚。恐惧感再一次袭来。

"呃，院长，院长，"她抽泣道，"我是不是要死了？我不想死啊。"

"你当然不会死。"修道院院长说道。

她十分镇定，眼睛里甚至流露出愉悦的神情。

"但是我得了霍乱啊。瓦尔特在哪儿？你们派人去叫他了吗？呃，院长，院长。"

她哭成了一个泪人儿，修道院院长向她伸过来一只手。凯蒂像见到了救命稻草似的抓住修道院院长的手不放。

"好了，好了，我亲爱的孩子，不要再犯傻了。这不是霍乱，也不是别的病。"

"瓦尔特在哪儿？"

"你的丈夫很忙，最好不要打搅他。五分钟以后你就会全好了。"

凯蒂怨艾地盯着修道院院长。她得了霍乱，修道院院长竟然还这么平静？太残忍了。

"安安静静地待一分钟，一句话也不要说。"修道院院长说道，"千万别自己吓自己。"

她感到她的心脏在胸腔里狂乱地跳动。成天跟霍乱打交道，她早已习惯地认为它永远不会摊到自己身上。唉，她真是个傻瓜啊。她确定她就要死了，心里恐惧到了极点。女孩们搬来了一把藤条长椅，摆到窗户底下。

"来，我们把你抬起来。"修道院院长说道，"躺到长椅上会叫你舒服一点。你觉得能站起来吗？"

她用手拉住凯蒂的胳膊，圣约瑟姐妹抬起了凯蒂的脚。凯蒂躺到椅子上，像泥一样瘫在椅背里。

"我最好把窗户关上。"圣约瑟姐妹说道，"早上的空气对她不会太有好处。"

"不，不，"凯蒂说道，"就开着吧。"

透过窗口，她看到了蓝色的天空，这让她心里踏实了一些。刚才她还全身哆嗦，现在感觉好受多了。两位嬷嬷默不作声地看了她一会儿，然后圣约瑟姐妹对修道院院长说了一句话，凯蒂没有听懂。修道院院长坐到椅子的扶手上，握住了凯蒂的手。

"听我说，我的孩子……"

她问了凯蒂几个问题，凯蒂机械地作了回答，自己也没意识到到底说了些什么。她的嘴唇还在颤抖，几乎连话也说不清。

"这样就毫无疑问了。"圣约瑟姐妹说道，"已经很明显了，骗不过我的眼睛的。"

她笑了起来，凯蒂觉得她的笑声中充满了欢快和慈爱。修道院院长依然拉着凯蒂的手，脸上露出了温柔的笑容。

"在这种事上,圣约瑟姐妹要比我更有经验,亲爱的孩子。她一眼就看出你到底出了什么事。很显然她是对的。"

"你是什么意思?"凯蒂急切地问道。

"显而易见。你从来也没有想过吗?你怀孕了,亲爱的。"

凯蒂大吃一惊,从头到脚战栗了一下。她的脚踩到地上,好像要一下子蹦起来。

"躺下别动,躺下别动。"修道院院长说道。

凯蒂感到脸颊发烫,把双手抱到了胸前。

"不可能的。那不是真的。"

"她说什么?"圣约瑟姐妹问道。

修道院院长把凯蒂的话翻译了一遍。圣约瑟姐妹宽阔朴实的脸上神采飞扬,脸蛋红扑扑的。

"不会有错的。我拿我的荣誉担保。"

"你们结婚多久了,我的孩子?"修道院院长问道,"这不用大惊小怪,我的弟媳结婚和你一样长的时候,都已经是两个孩子的妈妈了。"

凯蒂重新躺回到椅子里去。她的心里有什么东西死一般冰冷。

"我感到羞愧。"她低声言语道。

"因为你将要生下一个孩子?别傻了,这是最天经地义的事了。"

"医生将会有多高兴啊!"圣约瑟姐妹说道。

"是啊,想一想,这对你的丈夫来说可是一个天大的好消息。他一定会乐坏的。你没见过他跟小孩儿在一起的时候,他跟小孩儿玩的时候脸上那表情。他要是有个自己的孩子,一定欣喜若狂。"

有好一会儿凯蒂一直没有说话。两位嬷嬷温情地上下打量她，修道院院长轻轻拍着她的手。

"我真愚蠢，以前竟然没有想到是这样。"凯蒂说道，"但是不管怎样，应该庆幸不是霍乱。现在我感觉好多了。我可以去工作了。"

"今天就不要工作了，我亲爱的孩子。你受到了惊吓，最好是回家好好休息休息。"

"不，不用，我还是应该留下来干活儿。"

"我主意已定。如果我让你这么不留心自己，我们好心的医生将会说什么啊。如果你愿意的话，明天再来，后天也可以，但是今天你必须安安静静地待着。我会叫轿子来，要不要我派一个女孩陪你回去？"

"呃，不用了。我一个人也行。"

56

凯蒂躺在自己的床上，百叶窗关着。刚刚吃过午饭，佣人们已经睡着了。早上的那个消息（现在她确信那是真的了）依然叫她惊恐不已。刚到家她就在思索这个问题，但是无奈脑中一片空白，理不出一点头绪来。她突然听见一阵脚步声，来人穿着靴子，显然不会是哪个童仆。惊骇之中她意识到这只可能是她的丈夫。他到了客厅里，她听见他叫了她一声。她没回答，然后房子里一片静谧，接着响起了敲门声。

"谁啊？"

"我可以进来吗？"

凯蒂从床上坐起来，披上了一件晨衣。

"进来吧。"

他走了进来。她很庆幸百叶窗关着，昏暗的光线正好可以把她的脸藏起来。

"希望没有吵醒你。我敲门非常轻。"

"我没在睡觉。"

他走到一扇窗户跟前，一把推开百叶窗。温暖的光线流泻到房间里。

"出了什么事？"她问道，"你回来怎么这么早？"

"修女们说你不是很舒服。我想我应该回来看看到底是什么问题。"

她的心中油然生起一股怒火。

"要是霍乱的话，你就把它说得这么轻巧？"

"如果是霍乱，你今天早上就不会回家来了。"

她走到梳妆台前，拿起梳子梳理乱成一团的头发。她在给自己争取时间，然后，她坐了下来，点着了一根烟。

"今天早上我是不太舒服，修道院院长坚持让我回到这儿来。但是我现在完全好了，明天我会照例去修道院。"

"你到底出了什么问题？"

"她们没告诉你吗？"

"没有。修道院院长说要你亲自告诉我。"

他直视着她的脸,这是一直以来他从未有过的。不过从他的神情来看,职业的诊察要多于丈夫的关切。她迟疑了一会儿,然后强迫自己盯住那双眼睛。

"我怀孕了。"她说。

她已经习惯于在发表一通言论后,本应听到惊呼而得到的却往往是他的沉默,但是这次却令她难以忍受。他一句话也没说,身体动也没动,脸上的肌肉像冻住一样,黑色的眼珠没有闪过任何新的神情表明他听到了什么。她忽然涌起想哭的欲望。如果一个男人爱他的妻子,他的妻子也爱他,得知这个消息时他们应该欢天喜地拥抱在一起。寂静让人难以忍受,她开口了。

"我不知道以前怎么没想到会是这样。我真愚蠢,但是……由于种种原因……"

"你多久……你预计什么时候生孩子?"

他的话好像是用了很大力气从嘴角挤出来的。她觉得他的嗓子跟她一样干。她说话的时候嘴唇像他那样颤抖。如果他不是铁石心肠,这总会激起他的同情心吧。

"我想我这种状况已经有两三个月了。"

"孩子的父亲是我吗?"

她猛吸了一口气。他的声音里有某种吓人的东西,他太冷漠自制了,因而一丁点感情的外露就会令人震惊不已,他这个人简直就像个怪物。她不知为什么想起了在香港看过的一件仪器,人们告诉她仪器上的针虽然只是微微震动,但是一千英里外就可能已经发生了一场地震,一千个人会在这场地震中死去。她看着他,他面无血色,这种脸色以前她曾见过一两次。他看向了地板，身子也朝一边侧了过去。

"嗯？"

她攥紧了手。她知道如果她说了是，对他来说就意味着一个新的世界来临了。他会相信她，毫无疑问他会相信她，因为他想信。然后他就会尽弃前嫌原谅她。她知道他虽然害羞，但是他的心里藏着无尽的柔情，随时准备对人倾注出来。他绝不是记仇的人，他会原谅她。只要她给他一个借口，一个触动他心弦的借口，从前的是是非非他都会既往不咎。他绝不会兴师问罪，旧事重提，对此她可以放一万个心。或许他是残酷的，冷漠的，甚而是有些病态的，但是他既不卑劣也不小气。如果她说了是，便会从此扭转乾坤。

而且她急需赚得同情。她得知那个意想不到的消息时，心中出现了奇怪的想往和无名的欲望。她感到无比虚弱，胆战心惊，觉得她和所有的朋友都是那么遥远，只剩她一个人孤独无助。尽管她对她的妈妈毫无情意，但是今天早上她却突然渴望妈妈能在身边。她太需要帮助和安慰了。她不爱瓦尔特，她知道这辈子也不会爱他，但是此时此刻她真心希望他能把她搂在怀里，好让她靠在他的胸膛上，快乐地哭一会儿。她希望他能吻吻她，而她会把胳膊搂在他的脖子上。

她开始哭了。她撒了那么多的谎，现在不怕再撒一个。如果一句谎话将会带来好事，那又何乐而不为呢？谎言，谎言，谎言到底算什么？说"是"将会轻而易举。她几乎已经看到了瓦尔特变得温和的眼神和朝她张开的手臂。但是她不能。不知为什么，她就是不能。这几个苦难的礼拜以来她所经历过的一切——查尔斯和他的卑劣，霍乱和正在死去的人们，嬷嬷，甚至那位滑稽的小酒鬼韦丁顿，似乎都在她的心里留下了什么，她变了，连自己也认不出自己。尽管她被美好的前景深深地打动了，但她感到在她的灵魂里，一个旁观者似乎正在惊恐好奇地望着她。除了说真话，她别无选择。她觉得撒谎似乎并不值得。她的思绪胡乱地游动着，突然，她的眼前浮现出那个死乞丐躺在墙根下的情景。她为什么会想起他？她没有抽泣，眼泪像决了堤一样从她大大的眼睛里痛痛快快地淌下来。最后，她作出了回答。他曾问她他是不是孩子的父亲。

"我不知道。"她说道。

他吃吃地笑了，笑声像幽灵一样诡异。凯蒂不禁浑身颤抖。

"有点难堪，对不对？"

他的回答符合他的个性，一点也没有出乎她的意料，但还是让她的心沉了下去。她希望他能够意识到她经过多么激烈的思想斗争才最终说出了真相（同时她觉得这个选择其实并不艰难，而是自然而然不可避免的），希望他能给予她信任。"我不知道，我不知道……"她的回答在她的脑子里嗡嗡地回响。现在已经不可能把它收回了。她从提包里找出手帕，擦干了眼泪。两个人都没有说话。床边的桌子上放着一根吸管，他为她端来了一杯水，将吸管插上。他走到她的跟前，手端着杯子，让她用吸管喝水。她注意到他的手，曾经精美修长，指如青葱，现在只剩下皮包骨头了。他的手微微地颤抖着。他把表情控制得很好，但这只手背叛了他。

"请别介意我哭。"她说，"这没什么，只是我控制不住泪水从眼里流出来。"

她喝完了水，他把杯子放了回去。他坐到一把椅子上，掏出一根烟来点着，然后轻轻地叹了一声。他这样叹气曾经有过一两次,每次都会叫她胆战心惊。他的眼睛出神地望着窗外,她可以观察他一小会儿。她惊奇地发现他瘦得出奇,过去的几个礼拜以来她竟然没有注意到。他的太阳穴深深地陷了进去,脸上的骨头明显地凸了出来。身上的衣服空空荡荡的,好像穿的是别人的大号衣服。他的脸晒黑了,但是脸色苍白,甚至有些发绿。整个人看上去疲惫不堪。他工作太过辛苦了,几乎是废寝忘食。她正忙着哀伤悲痛,胡思乱想,但是也忍不住同情起他来。她什么忙也帮不上,这太残忍了。

他用手捂住前额,好像头疼的样子,她感觉他的脑子里也一直回荡着那个声音似的:我不知道,我不知道。这个情绪不定、冷漠害羞的男人,竟然见了小孩子就会变得柔情蜜意的,真令凯蒂无法理解。男人大多连亲生的孩子都不会放在心上,可是嬷嬷们不止一次地提过瓦尔特对孩子的喜爱,她们甚至被他感动,把这当成了趣谈。对那些逗人的中国婴儿尚且如此,如果是自己的孩子他又会怎么样呢?凯蒂咬住嘴唇,竭力不让自己再哭出来。

他看了看他的手表。

"我恐怕必须回城里去。今天我有很多事要做……你一个人能行吗?"

"呃,是的。不用为我担心。"

"我想今天晚上你就不用等我了。我可能会回来很晚,我会到余团长那儿吃点东西。"

"好吧。"

他站了起来。

"如果我是你,今天就不会轻举妄动。你应该放松下来。临走之前你还有要我帮忙的吗?"

"没有了,谢谢。我的身体会非常好的。"

他短暂地停顿了一下,似乎还拿不定主意,然后迅速地戴上帽子,没再看她一眼就走了出去。她听着他的脚步声出了房子,而后突然感到一股前所未有的孤独感。现在没有掩饰的必要了,她尽情地哭号起来。

57

夜里十分闷热,凯蒂在窗户下面放了把椅子,眼睛望着星光之下那座中国庙宇神奇的楼顶。终于,瓦尔特进来了。因为哭了很久,她感到眼皮沉重,不过情绪相当稳定。或许是思虑过多,搞得身心疲惫,心情反而出奇地平静了。

"我还以为你已经上床睡觉了。"瓦尔特边进来边说。

"我不是很困。我想坐起来可能会凉快一点。你吃过晚饭了吗?"

"吃过了。"

他在长长的房间里踱来踱去,好像是有什么话要对她说,但是一时难以启齿。她不动声色,静待着他下定决心。他突然开了口。

"我在想你今天下午对我说过的话。我觉得离开这儿对你来说更合适一些。我已经跟余团长谈过了,他会派人护送你回去。你可以把你的佣人带上。这样你就安全了。"

"我能去哪儿?"

"你可以去你母亲那里。"

"你认为她见到我会喜出望外吗?"

他沉默了一会儿,似乎思索着什么,但还犹疑不定。

"那么你可以回香港。"

"我到那儿干什么?"

"你非常需要别人的看护和照料。我想现在强求你留在这里是不公平的。"

她忍不住露出了微笑,不是出于讽刺,她是真的被逗笑了。她看了他一眼,几乎笑出声来。

"我不明白你对我的健康为何如此关切。"

他走到窗户底下,站在那里望着窗外的夜色。天上没有云彩,夜空中布满了亮晶晶的星星。

"这里不适合像你这种状况的女人再待下去。"

她看着他,他薄薄的衣服在黑暗的映衬下显得白花花的。在那优美的轮廓里似乎隐藏着某种险恶的东西,但是很奇怪,她并没有感到害怕。

"你坚持要我来这里时是不是想杀了我?"她突然问道。

他好久没有说话,她差点以为他是故意装作没有听见。

"起初是。"

她颤抖了一下,这是他第一次承认他的企图。然而此时此刻她却没有恨他的感觉,这让她自己都吃了一惊。她的感觉里面甚至带有欣赏和愉悦的成分,她不知为何猛然想到了唐生,现在他在她看来简直就是一个卑鄙可怜的蠢蛋。

"你冒了很大的风险。"她回应道,"以你那颗敏感的良心,如果我死了,我怀疑你会不会原谅自己。"

"嗯,可是你没有。而且你活得如鱼得水。"

"这辈子从来没有感觉这么好过。"

她本能地想恳求他放松心态宽宥自己。毕竟他们已经一起经历了很多,成天面对着周围一幕幕恐怖、败落的景象,再在一出丑闻上纠缠不清是否有些不合时宜呢?死神在每一个角落里徘徊,像园丁挖掘土豆一样把人们的生命一个个地带走,现在还揪住此男彼女的身家是否清白不放,是否太过愚蠢了呢?她怎样才能使他相信,查尔斯在她心目中其实早已经一文不值。她甚至连他的样子也记不起来了,对他的爱早已经烟消云散。她和唐生共同度过的那些时光,已经失去了往日的光彩,变成了一堆尘灰粪土。她的心回来了,即便她的肉体曾经红杏出墙,那又算得了什么呢?她几乎控制不住想对瓦尔特说:"看着我,你觉得我们的傻事还做得不够吗?我们像孩子一样相互置气。为什么我们不能吻一下对方,从此化干戈为玉帛呢?我们没有相互爱着对方,但这并不能妨碍我们成为朋友。"

他一动不动地站在那里,灯光打在他的脸上,使那张淡漠的脸白得吓人。她还不能确认他有那个诚意。万一她说的是错话,他会毫不留情地给她脸色看。如今她知道他的心敏感至极,尖酸刻薄只是他保护自己的盾牌,一旦事不利己,他的心就会迅速地收回去,继而给自己戴上一副面具。他的愚蠢简直叫她气急败坏。显而易见,最让他难以释怀的还是虚荣心受到的打击,她隐隐觉得那恐怕是所有伤害中最难痊愈的了。男人们最怕太太给他们戴绿帽子，想想也真可笑。她第一次跟查尔斯约会的时候，原本期望自己实现人生的飞跃，换回一个崭新的自己。然而事与愿违，除了精神上感觉安宁、活泼了一点，其他都还是老样子。现在她希望那会儿她对瓦尔特说孩子是他的，谎言在她看来不算什么，而对他来说将是莫大的安慰。况且这很可能还不是谎言，很奇怪，当时她的心里涌出了某种东西，不让她说出那句她将受益匪浅的回答。男人是多么愚蠢啊！他们在生养儿女的过程中扮演的是如此微不足道的角色，是女人怀胎十月，历尝辛苦，最后在痛苦中妊娠生产。男人们只是在开始的时候作出了那么一点点的贡献，之后却要对孩子要求如此之大的权利，实在是荒诞不经。孩子亲生与否，对他们来说真的那么重要吗？凯蒂的思绪转移到了她怀着的这个孩子身上，她既非满怀深情，也非出于母爱的天性，而仅仅是觉得好奇。

"我确信你应该把这事儿好好地考虑一番。"瓦尔特打破了这长久的沉默。

"考虑什么？"

他转过来一点儿，好像对她感到吃惊似的。

"考虑你什么时候动身。"

"但是我不想走。"

"为什么不想？"

"我喜欢在修道院的工作。我觉得我在让自己有用。只要你还在这儿，那我就不会离开。"

"我认为我有必要提醒你，以你目前的状况，将更容易感染到疾病。"

"你的好意我心领了。"她讥讽地笑道。

"你不会是为了我留下来吧?"

她迟疑了一下。他根本不知道她现在对他最强烈的,同时也是最出乎她意料的感受,竟然是同情和怜悯。

"不。你不爱我,我常常觉得我是在烦扰你。"

"我以为一群死板的修女和一堆中国小孩儿会让你厌烦透顶,看来我错了。"

她的嘴角微微地一挑。

"我认为因为你对我看走了眼就来鄙视我,那将是有失公允的。你自己的愚蠢并不能算到我的头上。"

"如果你执意要留下来,那就请随你的便吧。"

"没能让你一展绅士风度,对此我感到抱歉。"她发觉不让自己话中带刺已经很难了,"老实说你是对的,我留下来不单是为了那些孤儿。你看到了,我处在这样一个境地里——在这个世界上我的灵魂找不到一个归宿之地。我知道我四处惹人讨厌,没人在乎我是死是活。"

他皱紧了眉头,但不是出于恼怒。

"我们已经把事情搞得够糟了,不是吗?"他说道。

"你还想跟我离婚吗?我现在连眼睛也不会眨一下。"

"你必须知道我把你带到这儿来就已经抵过了那事儿。"

"很遗憾我没能知道。你看到了,我还没有好好反思我的过错呢。我们离开这里以后怎么办?我们还生活在一起吗?"

"呃,你不认为将来的事留给将来讨论更好吗?"

他的声调显得极度疲惫。

58

两三天后韦丁顿来修道院找到凯蒂（这位闲不住的女人已经等不及又拾起她的活计了），按照事先约定带她去家里与女主人共享茶饮。凯蒂曾在韦丁顿的住处吃过几顿饭，他家的房子是座四四方方的白色建筑，外表镶嵌了一圈儿旨在夸耀的装饰，和中国各地海关官员的宅邸没有什么分别。她曾就餐的餐厅以及落座的客厅，都是拿古朴的木制家具做的摆设。这种家具一般只出现在办公室和酒店里，没有一点家用的感觉，让人觉得这房子不过是一拨又一拨的旅客轮流享用的寄居之所。一走进来，你很难联想到楼上的卧房正端坐着一位神秘又有几分浪漫色彩的女子。他们上了一截楼梯，来到楼上，韦丁顿推开了一扇门，凯蒂跟在他的后面，走进了一个宽敞的房间。屋子里空荡荡的，四面白墙上挂了几幅风格各异的书法卷轴。屋内摆放着一张方桌，桌旁有一把直背的扶手椅，桌椅都是由黑木做成，雕镂十分华丽。那位满人就坐在那把椅子上。凯蒂和韦丁顿进来的时候，她起身站立，但脚步并未前迎。

"她来了。"韦丁顿对她说道，然后又加了几句中国话。

凯蒂和她握了握手。她身穿一套修长的绣花旗袍，身材显得十分苗条，个子比凯蒂印象中的南方人要高一点。她上身穿了一件浅绿色的丝绸外套，两条瘦瘦的袖子一直盖住了手背。黑色的头发按照满人的风俗盘成发髻，上面镶了繁多的饰物。她的脸上涂了一层胭脂，脸颊从下眼皮到上嘴唇抹着厚厚的红粉。眉毛明显拔过，只见一道黑色的细线。嘴唇涂得血红。在这张面孔之中，一双大大的眼睛微微斜睨，如同一汪波光闪烁的墨色湖水。与其说这是一张女人的脸，不如说倒更像是一个人偶。她的举止温文尔雅，慢条斯理，凯蒂觉得她略有羞涩，但同时对来客充满了好奇。韦丁顿向她介绍凯蒂的时候，她的眼睛始终看着凯蒂，点了两三下头。凯蒂注意到了她的手。这是一双修长、细嫩的手，如同象牙一般洁白，指甲做过精心的修饰，每一只都涂好了指甲油。凯蒂觉得她从未见过什么像这双柔弱、精致的手一般惹人爱怜。这双手无疑暗示了绵延了上百年的贵族教养。

她说了几句话，声音又尖又细，像是果园里唧唧咻咻的小鸟儿。韦丁顿向凯蒂翻译说她很高兴见到凯蒂，问凯蒂年方几许，膝下有几个孩子。他们在方桌边的三把直背椅子上坐了下来，一个童仆端进来几碗茶，茶水颜色很淡，有股茉莉花的香味。这位满洲女人递给凯蒂一个绿色的锡盒，里面装着"三堡"牌的纸烟。除了桌椅之外，屋子里就几乎没什么家具了，只有一张宽大的地榻，上面摆着一个绣花枕头，另有两个檀香木的衣橱。

"她白天都是怎么过的？"凯蒂问道。

"她有时候画画儿，有时候写诗。不过大体的情况是坐着，什么也不干。她抽大烟，但是有节制，抽得不凶。我很庆幸是这样，因为我的职责之一就是禁止鸦片交易。"

"你抽吗?"凯蒂问道。

"很少抽。老实告诉你,我更钟情于威士忌。"

屋子飘荡着一股轻微的刺鼻味道,并未令人感到不适,但给人一种奇异的感觉。

"请你告诉她,很遗憾我不能直接跟她说话。我可以肯定我们有很多话要向对方说。"

韦丁顿把凯蒂的话翻译给这位满人的时候,她含情脉脉地朝凯蒂看了一眼。她的坐姿给人印象很深,得体大方,丝毫不显拘谨。涂满胭脂的脸上,一双眼睛机警、沉稳,深不可测。她是不真实的,她像是一幅画,纤弱优美,使得凯蒂相形见绌。命运将凯蒂带到中国以后,她对这里的事事物物不是不屑一顾,就是心怀鄙视,即便是对她常来往的那个圈子也是如此。此刻她的心里朦朦胧胧浮起一种遥远、神秘的感觉。是的,她方才意识到这里是东方,古老、玄异、深邃的东方。从这位体态优雅的女子身上,凯蒂隐约看到了东方的理想和信仰。与之相比,西方人的所谓信念就显得粗陋野蛮了。这里的人们过的是一种截然不同的生活,与她分属于两个世界。看着眼前这个人偶涂脂抹粉的脸、斜睨机警的眼神,凯蒂忽然生出一股奇怪的感觉,似乎世俗众生的忙忙碌碌、苦乐哀愁,在这位满人面前都是荒诞不经的。这张色彩艳丽的面具后面,隐藏的是对世间万物的真知灼见,她五指修长的柔嫩的手,握的是这个未知世界的钥匙。

"平时她的心思都放在哪儿?"凯蒂问道。

"她什么也不想。"韦丁顿笑道。

"她很令人惊奇。告诉她我这是头一次见到这么美丽的手。问一问她到底看上你哪一点了。"

韦丁顿笑了起来，把凯蒂的问题翻译成了中国话。

"她说我人好。"

"好像女人总是因为男人的美德而爱上他们。"凯蒂讥讽道。

这位满洲女人只笑过一次，就是凯蒂为了开个话头儿，故意对她腕子上的翡翠手镯表现出欣赏之情；她便将手镯取下递给凯蒂，看到凯蒂费了力气也戴不到手上，便噗地像孩子般地笑了。她对韦丁顿说了些什么，然后叫进来一个佣人，向佣人吩咐了几句。不一会儿佣人拿来了一双十分漂亮的满洲鞋子。

"如果你能穿上这双鞋，她就打算送给你。"韦丁顿说道，"你会发现它们很适合当卧室的拖鞋。"

"我穿着正好。"凯蒂满意地说道。

但是她发现韦丁顿脸上露出了坏笑。

"她穿着太大了吗？"她马上问道。

"大了去了。"

凯蒂笑了起来，韦丁顿作了翻译之后，满洲女人和佣人也跟着笑了。

不久以后，韦丁顿陪着凯蒂来到了山上。凯蒂友善地笑着，对他说：

"你没告诉过我你其实深深地爱她。"

"谁告诉你我爱她？"

"我从你的眼睛里看到的。想必那种感受相当古怪，像是在爱一个影子或者一个梦。我们永远猜不中男人们在想什么。我原以为你和别人一样，可是现在我觉得连你最基本的东西我也不了解。"

他们抵达凯蒂的住处之后，他突然问了她一句：

"你怎么想起来要见见她？"

凯蒂犹豫了一会儿,然后作出了回答。

"我在寻找某种东西,到底找的是什么我也不能确定。但我知道这对我很重要,如果我最终找到了,我的生活将会变得大不一样。或许嬷嬷们知道吧。我和她们在一起的时候,感觉她们之间流传着一个秘密,却不愿和我共享。不知为什么我忽然冒出一个想法,认为如果我能见到这位满洲女人,或许能从她身上得到一些暗示。如果她会说英语,可能她就直接告诉我了。"

"你怎么会认为她知道?"

凯蒂斜着瞥了他一眼,但是没有回答,反而问了他一个问题。

"你知道我找的那个东西吗?"

他微微一笑,耸起了肩膀。

"道。有的人从鸦片里寻求这个道,有的人从上帝那里,有的人投奔了威士忌,有的人想从爱情里寻个究竟。而有了道,你还是什么也没得到。"

59

凯蒂重新回到她乐此不疲的工作上去了。虽然大清早刚进孩子们的寝室还是有点透不过气来,不过跟她热情高涨的干劲儿相比,这点小困难还是能够克服的。修道院里的修女们现在忽然都对她来了兴致，关注之热烈叫她始料不及。原来大家只是在走廊里点个头欠欠身，现在都是想方设法编出个幌子到她屋里去瞧上两眼，一边端详着凯蒂，相互之间还要窃窃私语几句，样子兴奋得不得了。圣约瑟姐妹不止一次地给她讲述这些天来她是如何一步一步推断出凯蒂怀上了身孕。她先是心中暗想，"嗯？奇怪……"，然后是"如果……我应该不会感到奇怪"。最后当凯蒂晕倒在地，她定下了结论："毫无疑问，明摆着的事儿了。"圣约瑟姐妹把她嫂子生孩子的冗长故事不厌其烦地给凯蒂描述出来，如果不是凯蒂对幽默的理解力超群，听了那些故事不免会对自己的未来心生惶恐。圣约瑟姐妹绘声绘色地将自己土生土长的故乡（一条小河从父亲农场的草地蜿蜒流过，岸边的白杨树叶随着微风沙沙作响）与《圣经》中的场景混淆起来。她笃信凯蒂这样的异教徒不会听说过天使报喜的故事，所以有一天她就跟凯蒂聊起了这个。

"每当我读到《圣经》里的那几行字，总要忍不住流下眼泪。"她说道，"我不知道原因是什么，但它总是给我那种奇特的感受。"

随后她便用凯蒂不熟悉的法语将这些措辞精确而客观的圣言诵读出来：

"随后天使出现在她的面前，说道，万福玛利亚，优雅满怀，上帝与你同在：你在妇女中是有福的。"

凯蒂怀孕的消息像吹过果园的阵风一样传遍了整个修道院，在这些无缘生儿育女的女人中间引起了不小的骚动。凯蒂在她们的心目中如今已经是令人敬畏、令人着魔的了。她们以农民和渔夫女儿的脑瓜对凯蒂的状况大胆地猜测着，却像孩子一样心惊胆战。她们为凯蒂腹中的这个新生命忧心忡忡，却又莫名其妙地快乐兴奋。圣约瑟姐妹告诉凯蒂所有的姐妹们都在为她祈祷，圣马丁姐妹还为她不是天主教徒而倍感惋惜。但是修道院院长严词责怪了她，她说即便是新教徒也可以成为一个好女子，一个勇敢的女子，万能的天主自有安排。

凯蒂不禁对自己的受人瞩目感到受宠若惊，不过最叫她惊奇的还是一向肃穆、圣洁的修道院院长也对她另眼相待了。修道院院长对凯蒂向来不错，但总叫人觉得隔着一点距离。现在她对凯蒂就像母亲对待宝贝女儿似的。她的声音也变了，有种跟以前不同的温柔的调子。眼睛里那个欣喜的神情，好像凯蒂是个孩子，做了件讨大人喜欢的事儿一样，这叫凯蒂异常感动。院长的灵魂就像一片波浪涌动的大海，沉雄静穆使人敬畏，顷刻间一道阳光照射到海面上，使之顿时变得活泼欢跃起来。如今每逢傍晚，她常常来跟凯蒂坐上一会儿。

"我必须注意别叫你累着自己，我的孩子。"她说道，然后给自己的话找了个托词，"否则费恩医生不会原谅我的。呃，英国人的保守真是出了名的。心里本来沾沾自喜，可我一跟他说起孩子的事儿，他竟然假装成脸色煞白。"

她握住凯蒂的手，亲热地拍着。

"费恩医生跟我说他希望你回去，但是你舍不得离开我们。你太善良了，我亲爱的孩子。我想让你知道，你给我们带来的帮助我们非常感激。不过我想你也是不想剩下他一个人，这样更好，因为你是他的妻子，他需要你。啊，真不知道没有他我们应该怎么办。"

"他能对你们有所帮助，我十分高兴。"凯蒂说。

"你必须全心全意地爱他,亲爱的。他是一位圣人。"

凯蒂对修道院院长示以微笑,然而心里却叹息了一声。现在她唯一能给瓦尔特做的事却不知如何去做。她希望他能原谅她,不是为了她,而是为了他自己,因为只有这样他才能得到心灵上的宁静。求他原谅是无济于事的,要是他怀疑她是冲着他心地好,想骗得他的原谅,而自己根本没想改过自新,那就更得不偿失了。以他那股子自尊心,无论如何也会断然拒绝的(有意思的是他的虚荣心不再激怒她了,她倒觉得这是人之常情,为她曾给他的虚荣心带来伤害而更加歉疚)。要想让他回心转意,只能等什么意料不到的事从天而降,从此打消他的芥蒂。她想他或许也希望有什么事让他心潮汹涌,一举把他从怨恨的梦魇里解救出来。但话说回来,以他可怜的荒唐脑筋,若真是事到临头,怕又会执拗到底,九头牛也拉不回来。

唉,人生苦短,却还要自寻烦恼,这不是太可悲了吗?

60

尽管凯蒂只和修道院院长谈过三四次话,有一两次只有十分钟的工夫,但这几次谈话还是使她对修道院院长有了更多的了解。修道院院长的性格就像一片乡土之地,初看起来广阔而荒凉,但是不久你就会在巍巍高山间发现怡人的村落小舍,果树依依,草场茵茵,河流缓缓。然而对如此美景颇为惊奇和欣赏之后,你还是觉得这个时常大风滚滚的褐土丘陵之地远非安顿之所。和修道院院长的关系要想达到亲密无间的程度几乎是不可能的。你始终觉得她的身上隐藏着冷漠,凯蒂在其他姐妹身上也有同样的发现,即便是话匣子圣约瑟姐妹也是如此,只不过她与凯蒂之间的隔阂还算目所能察。修道院院长和你踏在同一片土地上,跟你做着同一件凡俗世事,却生活在你永远也别想进去的境界里,这确实不能不令人感到惊异和敬畏。她曾对凯蒂说:

"一位修女光是对耶稣祷告是不够的,她还要成为自己的祈祷者。"

她的话显然是依附于天主教的教义,但是在凯蒂听来,似乎是从她的心里自然而然流淌出来的,丝毫没有向一个异教徒说教的意味。凯蒂对此颇觉奇怪,因为凯蒂对上帝的无知是有罪的,而深怀仁厚大义的修道院院长竟然默默认同,不施灌输。

一天傍晚两人又坐到了一起。白天比往常短了,傍晚的阳光十分柔和,甚至勾起人的伤感之情。修道院院长看上去相当疲惫,她那悲戚的面容扭曲苍白,那双漂亮的黑眼睛失去了光泽。或许是她的疲惫使她难得有心情想和人交谈。

"今天对我来说是个值得纪念的日子,我的孩子。"她停止了长时间的冥想,开口说道,"这是我最终决定入教的纪念日。皈依的问题我思索了两年,面对主的召唤,我备受折磨,因为我怕皈依我主之后会再次受到魔鬼的蛊惑。但是在我将领受圣餐的那天早上,我发下了誓言,我要在夜晚降临之前把我的理想告诉亲爱的母亲。接受圣餐时我祈求上帝赐予我心灵的宁静。你终将享有宁静,当你忘记了对宁静的渴求时,宁静就会降临了。"

修道院院长似乎陷入了对往日的追忆中。

"那天,我们的一个朋友,维埃拿夫人,没有告诉任何一个亲戚就去了卡梅尔。她知道他们必定会反对,但是这位寡妇认为她有权作出自己的选择。我的一位表姐前去和她这位亲密的朋友道别,到了傍晚才回来。回来的时候她的心情十分悲痛。那时我还没有跟我的妈妈说,一想到我要把我心里的想法告诉她,我就全身颤抖。但是我必须遵守接受圣餐时作出的决定。我问了表姐很多有关那个寡妇的问题,我妈妈看上去一门心思忙于她的织补活计,但是我们所谈之事她一个字也没落下听。我一边和表姐说着话,一边心里想:如果今天要向母亲开口,现在就一分钟也不能耽搁了。

"很奇怪,当时的场景至今我还历历在目。我们围坐在餐桌旁,桌子上铺着一块红桌布,屋子里有一盏盖了绿色灯罩的灯,我们就在灯光下做活儿。我的两个表姐和我们在一块儿,大家一起修补客厅椅子上的坐毯。想想看,那些东西自从路易十四那会儿买来就没修补过,年长破旧,色也褪了。妈妈说这是很不体面的。

"我竭力地想好了要说的话,可是我的嘴唇却张不开。沉默了一会儿之后,我的妈妈突然对我说:'你那位朋友的做法我很看不惯。对亲近的人不辞而别不会让人有多好受。她的姿态有些出格儿,很不合我的胃口。一个有教养的女人不会做出惹人口舌的事儿来。我希望如果你有朝一日也要离我们而去,致使我们悲痛万分,千万不要像犯了罪似的逃之夭夭。'

"这正是个好机会,但我没有克服我的弱点,我只说了一句:

'哦,您就放一万个宽心吧,妈妈,我可没有那个胆量。'

"我妈妈没再说什么,而我却因为没有说出心里话悔恨不已。我似乎听到了耶稣对圣彼得说的话:'彼得,你不爱我吗?'呃,我那颗易受蛊惑的心,我那颗忘恩负义的心啊!我舍不得舒适的生活,舍不得我的家人,舍不得我的娱乐消遣。在我陷入这些痛苦的想法时,没过一会儿,我妈妈又对我开了口,好像谈话根本没有间断过一样,她说:'我的奥德特,我相信你这辈子不做些痛苦隐忍的事是不会罢休的。'

"我还被焦虑和懊恼折磨着,我的表姐安静地做着活儿,根本不知道我的心脏正剧烈地跳动。这时妈妈突然放下手上的毛毯,然后神情专注地看着我说:'啊,我亲爱的孩子,我敢断定你要当个修女,从此离开我们。'

"'你是说真的吗?我的好妈妈。'我回答道,'你把我心里最深的想法晾到了众目睽睽之下。'

"'可不是,'我的表姐没等我说完就叫起来了,'奥德特这两年根本就没想别的。但是您不会允许她的,姑姑,您一定不会允许她的。'

"'我亲爱的孩子们,如果这是上帝的旨意,'我的妈妈说道,'我们有什么权力阻止她呢?'

"我的表姐们马上假装开始起哄,问我我的那些小玩意儿会怎么处置,兴高采烈地争论哪个玩意儿应该送给谁。但是欢快的气氛只持续了一小会儿,我们就一起哭了起来。然后我们听见我的父亲上楼来了。"

修道院院长停顿了一下,叹了口气。"这对我的父亲来说是很艰难的。我是他唯一的女儿,而一个男人对女儿的感情总要比对儿子的深。"

"有一个心爱的孩子也是种不幸。"凯蒂微笑着说道。

"将这个孩子献给耶稣基督之爱是多么大的幸运。"

这时候一个小女孩走到修道院院长跟前,扬扬得意地向她炫耀得来的一个好玩的玩具。修道院院长将她美丽、精致的手放到小女孩的肩膀上,小女孩躲到了院长的怀里。看着院长脸上甜美的微笑,凯蒂被深深地感动了,虽然她的微笑依然隔她非常地远。

"所有的孤儿都这么热爱你,真让人欣慰,院长。"她说道,"我想如果我能得到如此之多的眷恋,将会感到非常地骄傲。"

修道院院长再次向凯蒂露出了淡漠而又美丽的微笑。

"只有一种办法能赢得众人的心,那就是让人们认为你是应该被爱的。"

61

那天晚上瓦尔特没有回家吃晚饭。以往他要是逗留在城里,总会差人给她送个信儿,所以她先是等了他一会儿,最后才坐下来一个人用了晚饭。菜摆了一桌子,中国厨子全然克服了瘟疫的影响和饮食的短缺,每次都要做出好几样菜来端到她的面前。厨子在一旁候着，想看看菜是否合口，所以凯蒂就假装把每盘菜都吃了几口。晚饭过后，她躺到窗户旁边的长条藤椅里，窗户敞开着，可以欣赏星光下美丽的夜色。四周静悄悄的，正好可以让她彻底地休息休息。

她不想拿出书来读。这时的思绪就像平静湖面上白云的倒影，在她思想的表面浮来浮去。她太累了，一个念头也不想抓住，更不想把来龙去脉弄个究竟。她只是模模糊糊地在想这些天来在与修女的交谈中悟出了什么没有。显而易见的是，她虽然被她们的苦行生活深深地打动了，但是对支持她们如此行事的信仰，她是不以为然的。她不敢想她也会有被信仰的烈火烧着的时候。她不禁短叹一声：如果那伟大的圣洁之光也来照耀她的灵魂，也许所有的事情都会迎刃而解。曾经有一两回，她忍不住要把自己的不幸遭遇及前因后果一五一十地说给修道院院长听，但是她又没那个胆量，要是这位严肃的女人因此把凯蒂想成个放荡女子，那可不是她能受得了的。对修道院院长来说，她的所作所为已经算是罪大恶极了。奇怪的是，在凯蒂自己看来，那顶多也不过是愚蠢、丢人之举，哪里谈得上罪恶呢？

也许要归咎于她天生愚钝，她才把和唐生的交往看成一件憾事，甚至是可鄙可恶，但只要忘了就好，谈不上悔过。这就像在晚会上犯了愚蠢的错误，无法补救，也的确让人懊恼，但把这事看得太重就毫无意义了。想到查尔斯她又不禁颤抖了一下。他庞大的身架总是穿着过于矫饰的礼服，下巴又宽又大。瞧他的站相，拼命把胸挺起来，好像这样别人就看不见他的大肚子似的。他那张红脸动不动就青筋暴起，一眼就知道是个鲁莽乐观的家伙。那浓密的双眉还让她喜欢过呢，现在看来简直和动物差不多，想起来就厌恶。

还有，将来怎么办？她已经被将来无情地抛弃了，今后的日子怎么走她一点影子也看不到。或许她生小孩的时候就会难产死去。她的妹妹多丽丝身板儿比她结实，可分娩的时候差点丢了性命。（她给准男爵添了一位小继承人，终于算是功德圆满了，妈妈也一定是心满意足。想到这儿凯蒂又微笑起来。）将来对她来说太难以捉摸了，或许她这辈子都甭想预知自己的命运。瓦尔特很可能把孩子交给她妈妈抚养——如果孩子能活下来的话。而且以她对他的了解，虽然孩子的父亲是谁还不确定，但他一定会把这个新生命当成心肝宝贝来百般疼爱。瓦尔特是那种什么情况下都能指望他办善事的人。不过遗憾的是，虽然他医术高明，大公无私，广受称赞，同时又聪明睿智，体贴周到，她却始终不能爱他。现在她一点也不害怕他了，只是对他心中有愧。但他还是有根足够荒唐的脑筋。他把感情投入得太深，因此也更容易受到伤害。她觉得有朝一日她可以利用这一点诱使瓦尔特原谅自己。她现在常常想，等他原谅了她的时候，她一定不惜任何代价来弥补她犯下的过错。他的幽默感少得可怜，这不免是个小小的遗憾。她似乎已经看到了某一天他们会为自己曾经自寻烦恼而大笑不已。

她累了，提起灯回到自己的卧房，衣服也没换就上了床，不一会儿便昏睡了过去。

62

她被一阵吵闹的敲门声惊醒了。起初她还以为是在梦里,没有意识到敲门声是真的。但是敲门声持续不断,她渐渐清醒过来,断定有人在敲房子的大门。外面一片漆黑,她取出手表来,借着指针上的夜光,看到时间是深夜两点半。一定是瓦尔特回来了——他回来得太晚了,这个时候童仆睡得很死。敲门声还在继续,而且越来越响,在寂静的夜里听来让人毛骨悚然。敲门声终于停了,她听见沉重的门闩被拉开的声音。瓦尔特从来没有这么晚回来过,可怜的人,他一定累垮了。但愿今天他会直接上床睡觉,可别像往常一样再跑到实验室去。

凯蒂听见了好几个人的说话声,然后一群人一哄而入。这就奇怪了,以前瓦尔特要是晚回来,都是恐怕打搅了她,尽量轻手轻脚,不弄出一点声响。凯蒂听到两三个人快步地跑上了木头台阶,进了她隔壁的屋子里。凯蒂心里害怕起来,她一直对老百姓的排外暴乱心怀忧惧。会不会出了什么事?她的心脏加速了跳动。但是她还没来得及确认暴乱的可能性,有个人就从屋子里走了出来,到她的门外敲了敲门。

"费恩夫人。"

她听出是韦丁顿的声音。

"嗯。什么事?"

"你能马上起来吗?我有些事要跟你说。"

她站起身,穿上了一件晨衣,然后把锁解下,拉开了门。韦丁顿站在门口,他穿了一条中国式的长裤,上身套了一件茧绸的褂子。童仆站在他的后面,手里提着一盏马灯。再后面是三个穿着卡其布军衣的中国兵士。看到韦丁顿脸上惶恐的表情,她吓了一跳。他的头发乱作一团,好像是刚从床上爬起来似的。

"出了什么事?"她喘着气说。

"你必须保持冷静。现在一会儿也不能耽搁了,马上穿好衣服跟我走。"

"到底怎么了?城里有什么事发生了吗?"

她猛然醒悟,城里一定发生了暴乱,那些士兵是派来保护她的。

"你的丈夫病倒了。我们想让你立即去看看。"

"瓦尔特?"她叫了起来。

"你不要慌乱。我也不知道情形是怎样的。余团长派这个军官来找我,让我立即带你去衙门。"

凯蒂盯着他看了一会儿,心里猛然感到一阵冰冷,然后转过身去。

"我会在两分钟内准备好。"

"我还没睡醒,我就,"他说道,"我就来了。我只胡乱地披上一件外套,找了双鞋蹬上。"

凯蒂听不见他在说什么。她借着星光,伸手捡到什么就穿上。她的手忽然变得极其笨拙,用了好半天也扣不上扣子。她捡了条晚上经常披的广东披肩围到肩膀上。

"我没找到帽子。用不着戴了吧?"

"不用。"

童仆提着灯走在前面,几个人匆匆下了台阶,走出了大门。

"提防着别摔倒。"韦丁顿说道,"你最好拉住我的胳膊。"

几个士兵紧紧地跟在他们后面。

"余团长派了轿子过来,就在河对岸等着我们。"

他们飞快地下了山。凯蒂的嘴唇颤抖得厉害,想问话却张不开口。她害怕听到那个可怕的消息。河岸到了,一条小船停在岸边,船头挂了一盏灯。

"是霍乱吗?"她终于问道。

"恐怕是的。"

她叫了一声,马上又收住了。

"我认为你应该赶紧上来。"他伸出一只手去,把凯蒂拉上了船。河道一点也不宽,河水几乎是静止不动的。他们一排人站在船头,一个女人背上背着一个包囊,里面裹着一个小孩,手里撑着一支橹。

"他今天下午就病了,不,应该是昨天下午。"韦丁顿说道。

"为什么不马上就告诉我?"

他们无缘无故地全都压住嗓子说话。夜色很深,凯蒂看不到她的同伴到底有多焦虑。

"余团长想要派人告诉你,但是你丈夫制止了他。余团长一直跟他在一起。"

"即便是这样他也应该派人来叫我啊。这样太无情了。"

"你丈夫知道你从来没有看过患上霍乱的人。那种场面非常吓人,也非常恶心,他不想让你见到。"

"但他是我的丈夫啊。"她哽咽地说道。

韦丁顿不再说话了。

"怎么现在允许我去了?"

韦丁顿把手搭在她的胳膊上。

"亲爱的,你必须勇敢。你必须做好最坏的打算。"

她痛苦地哀号了一声,但她发现那三个中国士兵正看着她,便把身子转了过去。她只瞥了他们一眼,却清楚地瞧见了他们的眼白。

"他快要死了吗?"

"我只是收到了这位军官带来的余团长的口信,其他的还不清楚。根据我的判断,他应该已经瘫痪了。"

"一点希望也没有吗?"

"我感到非常遗憾,如果我们不能快点到那儿,恐怕就见不到他最后一面了。"

她浑身颤抖了一下,泪水顺着脸颊汩汩地流了下来。

"你知道,他劳累过度,所以抵抗力很弱。"

她恼怒地把胳膊从他的手里挣脱出来。他低沉悲苦的声调惹火了她。

他们到岸了,两个中国轿夫站在岸上,搀扶她下了船。轿子停在岸边,她刚上了轿,韦丁顿对她说:

"你的神经一定要挺住,你必须竭尽全力控制自己。"

"告诉轿夫让他们快点儿。"

"他们已经接到了命令,能走多快就走多快。"

军官坐的轿子已经抬起来了,走到凯蒂这里的时候,军官朝凯蒂的轿夫喊了一声。轿夫们麻利地把凯蒂的轿子一抬而起,将轿竿往肩膀上一扛,飞快地迈开了步子。韦丁顿的轿子紧紧地尾随在凯蒂的后面。他们很快爬上山路,每顶轿子前边都有人提着灯笼引路。快到水门的时候,远远可以望见守门人擎着火把站在那里张望。军官朝他喊了几声,他马上打开一扇门,放凯蒂他们过去,还说了句好像是问候的话。轿夫回应了一声。在死寂的夜里,这些从喉咙里发出的陌生语言着实显得神秘而骇人。他们摇摇晃晃地钻进了一条巷子,地上铺满了湿滑的石子。军官的一个轿夫打了个趔趄,凯蒂听见军官暴躁地骂了一声,轿夫尖声地辩解了几句,然后轿子又匆匆地重新上了路。街道狭窄曲折,深夜时分的城市俨然一座死城。他们穿过一条狭窄的胡同,拐了一个弯儿,然后飞快地上了一段台阶。轿夫们开始大口地喘气,但还是默默地迈着大步。一个轿夫拽出一条破烂的毛巾,边走边揩去从额头流到眼睛里的汗水。他们东拐西拐,好像在迷宫里绕弯一样。偶尔能在门窗紧闭的店铺前面看见一两个躺倒的人形,但你猜不到他们是天一亮就会起来,还是永远也醒不过来了。狭窄的街道上阴森森的,一个人影也不见。有时会突然传来狗吠声,使凯蒂饱受煎熬的神经禁不住一震。她不知道他们在朝哪儿走,路好像永远也走不完似的。他们就不能走得再快点儿吗?再快点吧,再快点吧。时间在一分一秒地过去,每拖一分钟都有可能是不可挽回的。

63

他们沿着一道光秃秃的墙壁走了一阵，冷不丁来到了一扇大门前，门的两侧各有一座哨亭。轿夫将轿子稳稳地放了下来。韦丁顿匆匆地来找凯蒂，她早已经从轿上跳下来了。军官用力地拍打着门，朝里面喊了几声。一道边门开了，他们走了进去。里面是一处四四方方的大宅院，一群士兵裹在毯子里，贴着墙根躺在屋檐底下，相互间紧紧地挨在一起。他们停住了脚步，军官去和一个像在站岗的兵士说了几句话，然后转过头来，对韦丁顿说了句什么。

"他还活着。"韦丁顿低声说，"提防脚下的路。"

还是几个提灯笼的人带路，他们跟在后面穿过了庭院，上了几级台阶，通过另一扇高高的大门，进入了又一个大院儿。院子的一侧是一座长长的厅堂，里面点着灯。昏黄的光线从窗纸透射出来，使雕镂华丽的窗格更为醒目。提灯笼的人把他们一直带到了这座厅堂之前，然后军官敲了敲厅堂的门。门立即开了，军官回头看了凯蒂一眼，然后让到了一边。

"你进去吧。"韦丁顿说道。

这是一间又长又矮的屋子，昏黄的灯光使屋子里显得昏暗阴沉，笼罩着不祥的气氛。三四个士兵散站在屋内。正对门口有一张靠墙的矮床，床上盖着一条毯子，毯子下面蜷缩着一个人。一位军官纹丝不动地站在矮床的边上。

凯蒂慌忙走了过去，俯到了床上。瓦尔特两眼紧闭，他的脸在灯光下呈现出一片死灰色，全身上下没有一点声息，样子十分恐怖。

"瓦尔特，瓦尔特。"她压低声音喘息着说道，声调中充满了惊惧。

瓦尔特的身体微微地动了一下，或者是在凯蒂的幻觉中动了一下。这一动是如此地微弱，如同一缕悄无声息的微风，不知不觉间在平静的水面上抚出了纹路。

"瓦尔特，瓦尔特，跟我说话。"

瓦尔特的眼睛慢慢地睁开了，好像是用了很大力气才抬起了那沉重的眼皮。他没有朝凯蒂看，只是盯着离他的脸几寸远的墙壁。他说话了，声音十分微弱，但似乎能听出来他是在微笑。

"一切都糟透了。"他说道。

凯蒂屏住呼吸侧耳倾听，但是他没再发出声音，身体也没动，淡漠的黑色眼睛盯着白刷刷的墙壁（他看到了什么神秘的东西吗？）。凯蒂站了起来，形容枯槁地看向站在床边的那个人。

"一定还能做点什么。你不能光站在那儿束手无策！"

她把双手握在一起。韦丁顿朝站在床边的军官说了几句话。

"恐怕他们已经把能做的都做了。军医负责给你的丈夫治疗。你的丈夫教给了他治疗的方法，你的丈夫能做的，他都已经做了。"

"那个人是军医吗？"

"不，他是余团长。他一步也没离开过你的丈夫。"

凯蒂心神纷乱地看了余团长一眼。他身材高大，虎背熊腰，穿的卡其布军装显得极不合身，他的眼睛正看着瓦尔特。她发现他的眼里含着泪水，不禁心里一惊。这个黄脸平额的男人凭什么流泪？她被激怒了。

"什么也不做看着他死，这太残忍了。"

"至少他现在感觉不到痛苦了。"韦丁顿说道。

她再次俯到丈夫的身前。那双吓人的眼睛依然空洞洞地盯着前方。她不知道他到底还能不能看见东西，也不知道他能不能听见她说的话。她把嘴唇凑到他的耳朵边上。

"瓦尔特，我们还有什么可以做的？"

她觉得一定还有什么药可以给他用上，留住他渐渐消失的生命。现在她的眼睛逐渐习惯了昏暗的光线，她惊恐地发现他的脸已经全都干瘪下去了，几乎认不出来是他。短短的几个钟头里，他变得就像完全换了一个人，这太不可思议了。他现在根本不像人，他几乎就是死亡本身。

她觉得他好像要说什么，就把耳朵凑到他的嘴边。

"别大惊小怪。我刚走了一段难走的路。现在我已经全好了。"

她等着他继续说下去，但是他的嘴闭住了，身体又变得一动不动。痛苦撕扯着她的心，他不能就这么躺着，她觉得他好像已经为入坟墓摆好了姿势。一个人走了上来，好像是军医或者护理员，做了个手势叫她让开一下。他俯到这个奄奄一息的人旁边，用一条肮脏的湿毛巾沾了沾他的嘴唇。凯蒂站起来，绝望地看向了韦丁顿。

"一点希望也没有了吗?"她轻轻地说。

他摇了摇头。

"他还能活多久?"

"谁也说不上来。或许一个钟头。"

她环顾了这个空荡荡的屋子,目光从余团长硕实的身影上掠过。

"能让我和他单独待一会儿吗?"她问道,"只要一分钟。"

"当然可以,如果你希望这样的话。"

韦丁顿朝余团长走去,同他说了几句话。这位团长点了点头,然后低声地下了命令。

"我们会在台阶上等候。"大家撤出去时韦丁顿说,"到时你可以叫我们。"

凯蒂的意识依然处于狂乱之中,难以相信眼前的一切,好像这只是毒品流淌在她的血管里使她出现的幻觉。然后她意识到瓦尔特就要死了,她只有一个想法,那就是消除他心里郁积的怨恨,让他安安静静地死去。如果他原谅了她,那么就是原谅了他自己,也就可以心平气和地瞑目了。她全然没有为她自己考虑。

"瓦尔特,我恳求你的原谅。"她蹲了下来说,她怕他现在承受不住任何的力量,因而没有用手碰他。"我为我所做过的对不起你的事而感到抱歉。我现在追悔莫及。"

他没有发出声音,好像根本没有听见凯蒂的话。她不得不继续向他哭诉。她有种奇怪的感觉,好像此时此刻他的灵魂变成了一只振翅的飞蛾,两只翅膀因为载满怨恨而沉重不堪。

"宝贝儿。"

他暗淡干瘪的脸上微微动了一下,几乎察觉不到,但是仍然叫她惊恐得一阵痉挛。她以前从来没有这么称呼过他。或许是他行将消亡的错乱的意识，误以为她曾经这么叫过他，误以为那只是她的口头语之一，小狗、小孩儿、小汽车，她都这么叫。然后可怕的事情发生了。她把双手攥在一起，竭尽全力控制住自己的神经，因为这时她看到两滴眼泪从他干枯的脸颊上流了下来。

"呃，我的至爱，我亲爱的，如果你曾经爱过我——我知道你爱过我，而我却太招人恨——我乞求你原谅我。我没有机会表示我的悔意了。可怜可怜我。我恳求你的原谅。"

她停住了，屏住呼吸看着他，急切地期待着他的回答。她看到他想要说话，心脏猛地跳动了一下。如果在这最后的时刻能帮他从怨恨中解脱出来，那就将是她给他带来的痛苦的一个补偿。他的嘴唇动了，他没有看她，眼睛依然无神地盯着粉刷过的白墙。她凑到他的身上，想要听清他的话。他说得十分清晰。

"死的却是狗。"

她像石头一样僵住了。他的话是什么意思，她没有听懂。她惊慌地看着他，脑中一片纷乱。他的话毫无意义，喃喃呓语。看来他根本听不懂她说的话。

他再也不动了，几乎和死了一样。她目不转睛地盯着他看。他的眼睛还睁着，但是不知道还有没有呼吸。她害怕起来。

"瓦尔特，"她小声说，"瓦尔特。"

最后，她猛地站起了身，恐惧骤然慑住了她。她转过身朝门口走去。

"你们可以来一下吗？他好像已经……"

他们闯了进来。那名中国军医走到了床边。他的手里拿着一个手电筒，他将它点亮，照向瓦尔特的眼睛，然后将他睁着的眼抚合上。他说了句中国话。随后韦丁顿用胳膊搂住了凯蒂。

"恐怕他已经死了。"

凯蒂深深地叹了一口气,几滴眼泪从她的眼睛里掉了下来。她不像是惊呆了,倒像是迷惑不解。几个中国人束手无策地站在床边,好像不知道接下来该怎么办。韦丁顿沉默不语。过了一分钟以后,几个中国人低声地议论了起来。

"你最好允许我送你回到住处。"韦丁顿说道,"他们会把他送到那儿去。"

凯蒂的手无力地抚了一下前额,然后朝矮床走去,俯下身,轻轻地吻了一下瓦尔特的嘴唇。现在她不哭了。

"很抱歉这么麻烦你。"

她走出去的时候,军官们向她行了军礼,她肃穆地朝他们鞠了一躬。大家从来时的院子出去,来到大门外,坐进了轿子。她看见韦丁顿点燃了一根烟。几缕烟雾在空气里盘旋了两圈,然后消失不见了。这就像人的生命。

64

已经到拂晓时分了,到处都能看见中国人忙着搬开店铺的挡板,开店做生意了。店铺深处有女人忙活着什么,借着灯芯的光,可以看清她们是在洗手洗脸。到了拐角处,一家茶坊里几个男人正吃着早点。早晨暗淡、清冷的阳光偷偷摸摸地洒到了一条条的小巷子里。河面上还是有淡淡的雾,拥挤的舢板的桅杆从雾里冒出了尖,好像是一支虚幻的军队高举的长矛阵。河面上有些阴冷,凯蒂不得不蜷缩成了一团,用她那条色彩亮丽的围巾裹住身体。他们徒步上了山。雾霭已经到了他们的脚下,天上没有云,阳光肆无忌惮地照耀着,看不出这一天与以往的任何一天有什么不同。

"你不想躺下来歇会儿吗?"到了房子里时韦丁顿说。

"不。我想在窗户那儿坐一会儿。"

过去的几个礼拜以来,她曾无数次地久久坐在窗边,她的眼睛已经习惯于看到那座城墙上的美丽、奇妙、神秘的庙宇。它让她感到心神安宁。它是那么虚幻,即使在正午热辣辣的光线中,也能把她的思绪带离现实的世界。

"我会叫童仆给你泡点茶。恐怕今天早上就必须把他下葬。我会安排后事。"

"谢谢你。"

65

三个钟头以后他们埋葬了他。他被殓进了一具中国棺材,凯蒂对此十分惊诧,她觉得在这样一个陌生的墓床上,他不会舒服地安息,但是她也毫无办法。消息灵通的嬷嬷们得知了瓦尔特的死讯,依照规矩正式地差人送来了一个大丽花做成的十字架。花圈好像是出自一个熟练的花匠之手,但是干巴巴地放在那具中国棺材上,显得滑稽而别扭。一切都准备妥当之后,大家开始等待余团长的到来。他已经叫人捎信给韦丁顿,说他希望参加葬礼。最终他带着一名副官来了。送葬的队伍开始上山。棺材被六个苦役抬着,来到了一块墓地,那里埋葬着瓦尔特的前任传教士医生。韦丁顿从传教士的遗物中找到了一本英文祈祷书,他用低沉的声调念起了书上的墓葬辞,声音里有种对他来说很少见的困窘之情。或许在诵念这些肃穆而又可怕的句子时,他的脑子里一直盘旋着一个念头:如果他是这场瘟疫的下一个牺牲者,就没有人在他的坟墓上念祈祷辞了。棺材被缓缓地吊入了墓穴里,掘墓人开始往棺材上填土。

余团长一直脱帽站在墓穴的边上,下葬完毕后他戴上了帽子,向凯蒂庄重地敬了一个军礼,然后对着韦丁顿说了一两句话，在副官的伴随下离去了。几名苦役好奇地参观完一场基督教徒的葬礼后，拖着他们的轿子三三两两逛游着步子回去了。凯蒂和韦丁顿一直等着坟墓堆好，然后将嬷嬷们送的精美花圈搁到散发着新鲜泥土气息的坟头上。她始终没有哭，但是当第一铲土盖到棺材上时，她的心脏剧烈地痉挛了一下。

她看到韦丁顿在等着她回去。

"你忙着走吗？"她问道，"我还不想回住处去。"

"我什么事儿也没有。愿意听从你的调遣。"

66

他们沿着堤道漫步到了山顶，那里矗立着那座为某位贞洁的寡妇建造的牌坊。在凯蒂对这块地方的印象中，这座牌坊占去了很大的一部分。它是一个象征，但是到底象征了什么，她却琢磨不出来。她也不知道在她看来它为何具有讽刺意味。

"我们坐下来待一会儿吗？我们很久很久没有来过这儿了。"广阔的平原在她的眼前铺展开去，在晨光中显得静谧而安宁，"仅仅是几个礼拜以前我才到过这儿，却好像是上一辈子的事儿了。"

他没有回答，而她任由自己的思绪胡乱地游荡，然后她叹了口气。

"你认为灵魂是不朽的吗?"她问道。

他似乎并未对这个问题感到惊讶。

"我怎么会知道?"

"刚才,他们在入殓之前给瓦尔特做洗礼,我看了他。他看着很年轻。他太年轻就死了。你记得你第一次带我出来散步时看见的那个乞丐吗?我不是因为见到了死人而感到害怕,而是因为我看他时,觉得他一点也不像人,仅仅是一具动物的尸体。而现在,我看瓦尔特时,他就像一部停下来的机器。那才是可怕之处。如果他只是一部机器,那么所有这些病痛、心碎、苦难,又都算得了什么呢?"

他没有回答,眼睛四下眺望着脚下的风景。辽阔的原野在欢快、明媚的晨光中蔓延,一眼望去使人心旷神怡。一块块整整齐齐的稻田铺展在原野上,望也望不到边。稻田里错落着一个个身着布衣的农民的身影,他们正手握镰刀辛勤地劳作着,真是一派祥和而温馨的场景。凯蒂打破了沉默。

"我说不出在修道院里的所见所闻有多打动我。她们太出色了,那些嬷嬷,相形之下我一文不值。她们放弃了一切,她们的家,她们的祖国,她们的爱,孩子,自由,还有许多点点滴滴在我现在看来都难以割舍的事儿,鲜花,碧绿的田野,秋日里的漫步,书籍和音乐,还有舒适。所有的东西她们都放弃了,所有的。而她们为之投入的又是什么呢?牺牲,贫穷,听从吩咐,繁重的活计,祈祷。对她们所有人来说,这个世界是一个名副其实的流放地。生活是一个她们情愿背负的十字架,在她们的心里始终希望——不,比希望要强烈得多,是向往、期待、渴求最终的死亡将她们引向永恒。"

凯蒂握紧了双手,极度痛苦地看着他。

"呃?"

"如果根本没有永恒的生命呢?如果死亡就是万物的归宿,那将意味着什么?意味着她们白白地放弃了一切。她们被骗了。她们是受到愚弄的傻瓜。"

韦丁顿沉思了一会儿。

"我持以怀疑。我怀疑她们的理想是否是镜花水月,并非如此重要。她们的生活本身就已经成为美丽的东西。我有一种想法,觉得唯一能使我们从对这个世界的嫌恶中解脱出来的,就是纵使世事纷乱,人们依然不断创造出来的美的事物。人们描摹的绘画,谱写的乐曲,编撰的书籍,和人们的生活。而其中最为丰饶的美,就是人们美丽的生活。那是完美的艺术杰作。"

凯蒂叹息了一声。他的话似乎深奥难解。她还需要更多的提示。

"你去过交响音乐会吗?"他继续说道。

"是的,"她微笑着说,"我对音乐一窍不通,但是很喜欢听。"

"管弦乐团里的每一个成员负责一件乐器,你觉得在一支乐曲逐渐展开的同时,乐器的演奏者们会时刻关注乐队的整体效果吗?他们只关心自己演奏的那部分,但是他们深知整支乐曲是优美的,即便没人去注意听它,它依然是优美的。所以他们可以安心地演奏自己的那一部分。"

"那天你提到了'道'。"凯蒂稍停了一会儿说道,"说说'道'是什么。"

韦丁顿瞧了她一眼，迟疑了片刻，而后那张滑稽的脸上轻轻地一笑。他说道：

"道也就是路，和行路的人。道是一条世间万物都行走于上的永恒的路。但它不是被万物创造出来的，因为道本身也是万物之一。道中充盈着万物，同时又虚无一物。万物由道而生，循着道成长，而后又回归于道。可以说它是方形但却没有棱角，是声音却不为耳朵所听见，是张画像却看不见线条和色彩。道是一张巨大的网，网眼大如海洋，却恢恢不漏。它是万物寄居的避难之所。它不在任何地方，可是你探身出窗就能发现它的踪迹。不管它愿意与否，它赐予了万物行事的法则，然后任由它们自长自成。依照着道，卑下会变成英武，驼背也可以变为挺拔。失败可能带来成功，而成功则隐藏着失败。但是谁能辨别两者何时交替？追求个性的人可能会平顺如孩童。中庸练达会使势强的人旗开得胜，使势弱的人回避安身。征服自己的人是最强的人。"

"这有用吗？"

"有时有用，当我喝了六杯威士忌，眼望天空时，它就有用了。"

两人又都沉默了，而打破沉默的还是凯蒂。

"告诉我，'死的却是狗'，这是一句有出处的话吗？"

韦丁顿的嘴角微微一挑，他已经准备好了答案。但是此时此刻他的神经似乎出奇地敏感。凯蒂没有看他，但她表情中的某种东西使他改变了主意。

"如果有出处我也不知是出自哪里。"他小心翼翼地说，"怎么啦？"

"没什么。我忽然想起来的，听起来有点耳熟。"

又是一阵沉默。

"你单独和你丈夫在一起的时候,"这次换成韦丁顿开口了,"我和军医谈了谈,我想我们应该了解一些内情。"

"呃?"

"那名军医一直精神亢奋,说的话语无伦次,他的意思我可能没有听懂。就我听到的,你的丈夫是在做实验时被感染的。"

"他总是离不开实验。他不是正宗的医生,他是个细菌学家。那也是他急着来这里的原因。"

"从军医的话里我没有听明白的是,他到底是意外感染还是故意拿自己做实验。"

凯蒂的脸色一下子变白了,韦丁顿的设想使她浑身颤抖。他握住了她的手。

"请原谅我又谈起了这个。"他轻柔地说道,"但是我以为这可以使你感到一些安慰——我知道在这种场合任何劝说都是无济于事的——或许这意味着瓦尔特是为科学牺牲的,是一个以身殉职的烈士。"

凯蒂似乎有些不耐烦地耸了耸肩膀。

"瓦尔特是因为心碎而死的。"她说。

韦丁顿没有回答。她朝他转过脸来,细细地看着他。她的脸色虽然苍白,但神情十分坚定。

"他说'死的却是狗'是什么意思?那是句什么话?"

"戈德·史密斯的诗——《挽歌》的最后一句。"[1]

---

[1] 译注:《挽歌》的大意为,一个好心人在城里领养了一只狗。起初人和狗相处融洽,但是有一天二者结下怨仇,狗发了疯病将人咬伤。大家都预料被咬的人将会死去,但是人活了过来,最终死去的却是狗。

67

第二天早上凯蒂来到了修道院,为她开门的女孩似乎颇感惊讶。凯蒂做了几分钟的活计后,修道院院长从屋外走了进来。她径直来到凯蒂跟前,握住了凯蒂的手。

"我很高兴看到你,我亲爱的孩子。你刚刚经历过巨大的悲痛就来到了这里,这显示了你的勇气和智慧,因为我可以肯定,一丁点的活计会让你暂时忘掉悲伤的回忆。"

凯蒂垂下了目光,脸微微地红了。她不想让修道院院长看透她的内心。

"无须我说,修道院里的每一个人都对你致以深切的同情。"

"谢谢你们。"凯蒂小声地说。

"我们永远为你和你刚刚失去的那个灵魂祈祷。"

凯蒂没说什么,修道院院长松开了手,然后以她沉稳、权威的口吻向凯蒂吩咐了大大小小的工作。她拍了拍两三个孩子的脑瓜,向她们示以淡然而又动人的微笑,然后继续去忙她更为紧迫的事了。

68

一个礼拜不知不觉地过去了。凯蒂正在忙着缝缀衣服,这时修道院院长走了进来,坐到了她的旁边。她用内行的眼光瞧了瞧凯蒂做的活儿。

"你的缝缀做得很好,亲爱的。现在已经罕有你这样的年轻姑娘能做这样一手细活儿了。"

"这要归功于我的母亲。"

"我认为你的母亲一定乐意和你相见。"

凯蒂抬起头来,修道院院长的神情表明这不是一句闲聊的客套话。她继续说:

"在你的丈夫去世之后,我之所以允许你继续来这里,是因为我认为工作会把你从悲痛中解脱出来。我觉得在那个时候你绝不适合长途跋涉只身回到香港。而闷在家里无所事事,沉溺伤怀,相信对你也不会有任何好处。但是现在已经八天过去了,是你离开这儿的时候了。"

"我不想走,院长。我想留在这儿。"

"这里不再需要你了。你是随同你的丈夫来的,你的丈夫已经去世，而你的情形正是需要特别照料的时候，万不应当再到此地来。你要竭尽全力照顾好上帝赐给你的这个生命，这是你的责任，我的孩子。"

凯蒂沉默了一会儿，然后低下了头。

"我以为我在这里可以对大家有所帮助。一想到这一点我就感到非常欣慰。我真心希望你能让我留在这里，直到瘟疫完全平息为止。"

"我们十分感谢你所做的一切。"修道院院长微笑着说道，"如今瘟疫已经有所缓和，此地也不如从前危险了，所以广东的两个姐妹会赶过来帮忙。她们会很快赶到，我想她们到了以后你就没有留在这里的必要了。"

凯蒂心里一沉，修道院院长的声调显然表示此事绝无回旋的余地，而以她一贯的铁石心肠，即使再三恳求想必也是无济于事。她的声音带有与人论理时的不容分说的专横气势，使人觉得如若再有辩解她就必将发作似的。

"好心肠的韦丁顿先生曾来就此事征求过我的意见。"

"我希望他还是管好自己的事为妙。"凯蒂插嘴说道。

"即便他没有此意，我也一样认为有必要向他告知我的想法。"修道院院长亲切地说，"以目前的情况，你绝不能再久留此地，而应该和你的妈妈待在一起。韦丁顿先生已经叫余团长专门安排人护送你回去，他自己也为你找好了轿夫和苦役。你的女佣会随你一同回去，路上的衣食起居由她负责安排。事实是，一切利于你行程的，他们统统安排好了。"

凯蒂绷紧了嘴唇，她以为既然事关自己，他们总应该征求一下她的意见。她不得不调整了一下情绪才没让自己的声音显得尖厉难听。

"那么安排我什么时候走？"

修道院院长依然十分平和。

"如果你能尽早回到香港再搭船去英格兰，那将最好不过了，我亲爱的孩子。我们认为你最好在后天一早就出发。"

"那也太快了。"

凯蒂有种想要喊叫的冲动。但是修道院院长的话不假，她在这里已经没用了。

"你们看起来似乎是想尽快打发了我。"她哀叹道。

凯蒂察觉到修道院院长像是松了口气，她看到凯蒂打算屈服了，便不自觉地换了更为和蔼的声调。凯蒂敏感地洞察幽默的能力发挥了作用，她的眼里闪烁着光芒，心中暗想即便是圣人也难免有喜怒形于色的时候。

"千万不要认为我们对你的好心好意视而不见，我们相信是你善良的心地使你不愿放弃已经投身多日的工作。"

凯蒂目光直直地看着前方，微微耸了耸肩膀。她知道修道院院长的评价她是受不起的，她之所以想留下来是因为她别无他处可去。这个世界上没人关心她是死是活，想到这个真是会给人一种奇特的感受。

"我无法理解你会对回家有所迟疑。"修道院院长继续和蔼地说道，"在这个国家里有数不清的外国人迫不及待想得到你这样的机会。"

"但你们不是，对吗，院长？"

"呃，我们不同，我亲爱的孩子。我们来这儿的时候就已经知道我们和故乡永别了。"

受伤的自尊在凯蒂心里激起了一个狡猾的企图,她觉得信仰的外衣虽然使这群嬷嬷远离了凡尘的七情六欲,但此刻或许可以在这套外衣上发现一些破口。她要看看修道院院长的身上是否真的不留一点俗世的残余。

"我曾经想,永远不能和亲人至爱再见上一面,永远地离开生活中经历过的一景一物,对你们来讲有时候一定是艰难的。"

修道院院长迟疑了片刻,然而凯蒂却没能从她那张美丽严穆的脸上看出一点变化。

"我的母亲现在老了,对她来说是艰难了些。我是她唯一的女儿,她一定想在死之前再看上我一眼。我希望我能满足她的愿望,但是我无能为力,我们只能等待着在天堂里相见了。"

"但是说到底,当一个人思念起至爱的亲人时,应该很难不自问当初离他们而去是不是对的。"

"你的意思是说我有没有为走出这一步而后悔?"修道院院长忽然满面放光,"从未,从未有过。我抛弃了琐屑、庸碌的一生,把自己交给了牺牲与祈祷的生活。"

短暂的沉默之后,修道院院长的神态缓和了下来,对着凯蒂露出了微笑。

"我想请你帮我带一个小包裹,在你到达马赛的时候帮我邮寄出去。我没敢把它交给中国的邮局。我马上就给你拿过来。"

"你可以明天再给我。"凯蒂说道。

"明天你肯定非常忙,抽不出时间来这里了,亲爱的。如果你今晚就跟我们道别,那会更为适宜。"

修道院院长站起身来,以那宽松的教袍无法遮掩的端庄从容走出门去。不一会儿圣约瑟姐妹进来了,她是来跟凯蒂道别的。她祝愿凯蒂旅途愉快，劝她不必为路上的安全担心，因为余团长派了精干的护卫陪着她回去。姐妹们也常常只身出远门儿，从来没有出过事。她问凯蒂喜欢大海吗。上帝呀，那回在印度洋上遇见了风暴，晕船差点要了圣约瑟姐妹的命。令堂见到她的女儿一定会高兴坏了。凯蒂务必要照顾好自己，毕竟她身上还怀着另外一个小小的灵魂呢。姐妹们会不停地为她、她可爱的小宝贝，还有可怜而勇敢的医生的灵魂祈祷。她滔滔不绝、兴高采烈地讲了半天，但是凯蒂深深地感到对于圣约瑟姐妹（她的全部心思都盯在灵魂不朽上了）来说，她不过是一个脱离了血肉之躯的灵魂而已。她几乎想疯狂地抓住这位好脾气的胖嬷嬷的肩头，边摇晃她的脑袋边喊："你知不知道我是一个有血有肉、不幸而孤独的人？我需要安慰、同情，我需要鼓励。呃，你就不能先忘了你那个上帝，给我一点点人的怜悯吗？我要的不是你们基督徒普度众生的大慈大悲，我仅仅想要一个凡人的怜悯。"这个想法使凯蒂不禁微笑起来：圣约瑟姐妹听到之后该有多么惊讶！她一定可以把心中那个唯一悬而未决的疑案盖棺定论了——所有的英国人都是疯子。

"幸运的是我是个出色的航海家。"凯蒂回答道，"我从来也不晕船。"

修道院院长拿着一个干净的小包裹回来了。

"这里面是一些手绢，是我为了我母亲的教名纪念日特意做的。"她说道，"名字的首字母缩写是我们的小姑娘绣上去的。"

圣约瑟姐妹说凯蒂一定要看看手绢的做工是多么漂亮，修道院院长便略有不甘但又颇为仁慈地解开了包裹。看手绢的质地显然是用上等细布做成的，人名缩写是由华丽难辨的花体字所绣，字母上头还绣上了草莓叶子编成的花冠。凯蒂还在对手绢的绣工赞叹不已时,包裹又重新系好了,并塞到了她的手上。圣约瑟姐妹慨叹一句"我的女士,我不得不离开你了",又把那些礼貌而淡漠的道别话说了一遍,然后就出去了。凯蒂意识到该是院长送客的时候了,便对院长长久以来的照顾表示感谢。两人沿着空荡荡的白色走廊走了出去。

"劳烦你特意转道马赛为我寄送一个包裹,这是否过于无礼了呢?"修道院院长说道。

"我乐意效劳。"凯蒂说。

她看了一眼包裹上的地址,上面的人名似乎的确有贵族气派,但是吸引她的却是投递的住址。

"这是一座我曾经去过的古堡。那时我正与朋友们在法国周游。"

"那很有可能。"修道院院长说道,"一个礼拜里有两天是开放给外人游览的。"

"我觉得如果是我曾经生活在一个如此美丽的地方,一定没有勇气离开它。"

"那里的确算得上是历史古迹,但对我来说却少有亲切之感。如果我曾经有所怀念的话,那应该是我孩童时生活过的那座城堡。它坐落在比利牛斯山脉之间。我是在大海的涛声中出生的,直至现在,我也不否认有时我会乐于听到海浪拍打岩石的声音。"

凯蒂觉得修道院院长可能看穿了她的想法和说那些话的原因,在暗中取笑她。但是来不及多想,她们便来到了修道院的那座朴实无华的小门前。修道院院长出人意料地搂住凯蒂并亲吻了她。她淡色的嘴唇贴到凯蒂的脸颊上,先亲了一边,然后换到另一边。凯蒂对此毫无准备,顿时满脸通红,险些叫了出来。

"再见,上帝保佑你,我亲爱的孩子。"她把凯蒂搂在怀里,"记住,分内之事、举手之劳并不值得夸耀,那是赋予你的责任,就像手脏时要洗一样理所当然。唯一弥足珍贵的是对责任的爱,当爱与责任合而为一,你就将是崇高的。你将享受一种无法言表的幸福。"

修道院的门最后一次在她身后关上了。

69

韦丁顿陪着凯蒂上了山,他们转道去探望了瓦尔特的墓。在那座纪念贞洁寡妇的牌坊前,他向她说出了再见。她最后一次注视着牌坊,如今她境遇之中的讽刺之意,丝毫也不逊于这谜一样的牌坊了。她钻进了轿子。

日子一天天地过去。沿途的风光对她来说只是万千思绪的布景。仅仅在几个礼拜之前,她曾沿着这条路朝相反的方向行进。如今眼里的风光和记忆里的重合在一起,就像在看一个立体视镜,稍稍增添了些不同的意味。肩扛行李的苦役们离离散散地拖着步子,前面是三两个一群,其后一百码是单独一个,再后面又是三两个一群。护卫队的兵士们拖着笨重的步子慢吞吞地行进,一天能走上五至二十英里。女佣坐在一顶双人轿子上，凯蒂坐的是四人轿子，倒不是因为她比女佣重些，而是因为主仆有别。时不时地会碰见一队队扛着沉重包袱的苦役，排成一行慢悠悠地在道上前行。有时遇见个坐轿子的中国官员，看到这位白种女人便会露出好奇的神色。这之后来了一群农民，他们身穿褪了色的蓝布褂子，头戴宽大的帽子，急急火火赶着到市场去。忽而又出现了一个女子，看不出是年轻还是年老，裹布的小脚一步一挪，踉踉跄跄地走着。他们一会儿上山，一会儿下山。山上遍布着整整齐齐的稻田，农舍都蛰居在竹林里，显得安逸而温馨。他们穿过粗陋的村落，途经人头攒动的城镇，这些城镇都拿围墙护了起来，好像是弥撒书里面描述过的古城。初秋的阳光十分宜人，如果是在清晨，朦朦胧胧的晨光洒在整齐的稻田上，给人恍如仙境的感觉。刚开始的时候会有点冷，随后便会令人欣慰地暖和起来。凯蒂沐浴在晨光里，尽情地享有着难得的幸福感受。

眼前的风景色彩明丽，各具特色，时常出人意外，宛如一沓异常华丽的花毯。而在花毯上，凯蒂的思绪像神秘而黯淡的影子一样晃来晃去。记忆中的一切似乎都不是真实的了。湄潭府的垛墙像是一出古剧的舞台上代指为某座城市的画布。嬷嬷们，韦丁顿，还有爱他的满洲女人，活像一出假面舞会上别出心裁装扮出来的人物。而其他的人——弯弯曲曲的街道上闲逛的人们和那些死去的人，仅仅是舞台上的无名走卒。当然所有人的身上都具有某种特别的意义，然而到底是什么呢？他们就好像是一场古老的宗教仪式上的舞者，你知道那些随着复杂节奏舞动的肢体具有某种你必须明白的意义，可你就是抓不着一点头绪。

凯蒂难以相信（一个老妪沿着堤道走过来，身上穿着蓝布的衣服,在阳光下呈现出天青石的颜色。她的脸上遍布皱纹,活像一个老旧的象牙面具。她弯着腰,挪着小脚,手里拄着一根长长的黑色拐杖),凯蒂难以相信她和瓦尔特曾经参加了这样一场奇异而虚幻的舞会,还在其中扮演了如此重要的角色。她可能轻易地就丢了性命,他不就丢了吗?这会不会是一个玩笑?或许这只是一个梦,她应该立即惊醒,然后如释重负地长叹一声。转眼之间,这一切就好似发生在十分久远的时候,发生在一个遥不可及的地方了。在阳光明媚的现实之前,这出遥远的戏剧里的角色们该是多么模糊难辨。凯蒂觉得这出戏只是她读的一本小说,书里描述的故事似乎跟她毫不相干,这几乎吓了她一跳。她已经想不起韦丁顿那张脸到底长什么模样了,而不久之前她还如此熟悉。

这天傍晚他们应该能够抵达西江岸边的那座城镇,在那儿搭上汽船,然后再用一夜的时间就可以到香港了。

70

起初她为自己没能在瓦尔特死的时候痛哭而感到羞耻。那样的行为似乎太无情无义了,为何连余团长,一个中国的军官都能够眼含泪水?她是被丈夫的死惊呆了。对她来说,很难想象从此以后他再也不会回到他们的住处，再也听不到早上他起来以后在那个苏州浴盆里洗澡的声音。他曾经是一个活生生的人，而现在他竟然死了。修道院的姐妹们对她泰然处之的态度惊叹不已，对她克制悲痛的勇气赞叹连连。但是她瞒不过韦丁顿精明的眼睛，在他郑重其事的同情背后，她始终觉得——该怎么说呢？——有些话他搁在了肚子里。当然，瓦尔特的死对她来说是个打击，她不希望他死。但是说到底她并不爱他，从来也没有爱过他。未亡人的恸哭哀悼是贤惠而合乎妇道的，谁要是看透了她的心思，免不了要骂她无情无义，卑陋丑恶。但是在经历了这么多的事以后，她再也不想惺惺作态、悖逆心愿了。最起码过去这几个礼拜教会了她一个道理，有时对人撒谎是不得不为之，但是自欺就不可饶恕了。她很遗憾瓦尔特如此悲惨地死去，但她的悲痛是在但凡哪位相识之人离世时都会有的。她承认瓦尔特有着让人钦佩的人品，但不幸的是她偏偏没有喜欢他，却只是厌烦。不能说他的死对她来说是个解脱。她可以诚心实意地说，假设她能用一句话就叫瓦尔特起死回生，她会毫不犹豫地说出那句话。但是不得不承认的是，瓦尔特死后，她的生活的确多多少少舒畅了些。他们在一起从来也不快乐，而要想分开却又是遥不可及的事。想到这里她不禁被自己吓了一跳，如果别人知道她的想法，一定认定她这个女人没心没肝，毒如蛇蝎。但他们是不会知道的。她怀疑这世界上人人心里都藏着见不得人的秘密，唯恐被别人瞧上一眼。

她看不见未来是什么样，心里也一点打算都没有。她唯一确定的是先要回到香港，在那里短暂地逗留片刻。她已经可以想象，抵达那片土地时，她一定仍是惊魂未定。不过她情愿永远坐在藤条轿子上，在怡人的乡村风光里游荡，每天在不同的屋檐下过夜，芸芸众生浮光掠影一般的生活与她毫不相干，她只是一个事不关己的漠然看客。但眼前的事她是必须要面对的，回到香港以后先要住进旅馆，把以前的房子退掉，家具能卖的都卖了。不需要去见唐生。他一定颇有风度地不来烦扰她。那她倒想去见他一面，就为告诉他她现在对他有多么鄙视。

不过那又何必呢，唐生算个什么？

一个念头始终潜藏在她的心里，持续不断地敲击着她的心房，就好像在一部宏大的交响乐的复杂交织体中，总是贯穿了一条活跃而丰富的竖琴琶音的旋律——是它赋予了无边无际的稻田以奇异的美感，是它使她在一个驾车赶往集市的小伙儿对她兴奋而大胆地观瞧时，苍白的嘴角浮现出笑意。那座瘟疫肆虐的城市是一所刚刚逃脱的监狱，如今的天空在她眼里从未如此地湛蓝，而斜倚在堤道上的竹林使人那般地惬意。自由！那就是一直在她心里蠢蠢欲动的念头。正是有了自由，尽管未来依然模糊不清，但却像小河上的薄雾一样，在晨光的辉耀下顿时显得五彩斑斓。自由！她挣脱了令人烦扰的束缚，那个纠缠于她左右的身影永远地消失了。死亡的威胁烟消云散，使她屈尊受纳的爱情已经随风而去。所有的精神羁绊统统地见鬼去了，留下的只有一个自由奔放的灵魂。有了自由，她也就有了无畏地面对未来的勇气。

71

汽船在香港的码头靠了岸，凯蒂一直站在甲板上，观望着河面上熙来攘往的船只。这时她跑回自己的客舱，女佣已经把行李都打点完毕了。她照了照镜子，此时她正穿着一身黑色的衣服，是嬷嬷们此前给她染过的，权当作丧服穿。她脑子里想到的第一件事就是衣服，居丧的装束可以很好地遮掩住她的现在的意外感受。有人敲了敲客舱的门，女佣过去将门打开。

"费恩夫人。"

凯蒂转过头来，看到了一张似曾相识的脸，旋即记了起来。她的心脏猛地跳动了一下，脸跟着红了。来人是多萝西·唐生。凯蒂做梦也没有想到会在这里见到她，一时之间手足无措，也不知该说什么好。唐生夫人走进舱内，张开手臂将凯蒂搂在怀里。

"呃，亲爱的，我亲爱的，你是如此地不幸。"

凯蒂任由她亲吻了自己，她对这个冷漠、疏离的女人做出这么情真意切的举动颇感吃惊。

"谢谢你。"凯蒂嘟哝出一句。

"到甲板上去吧。让佣人来拿你的东西，我把童仆带来了。"

她拉起了凯蒂的手,凯蒂便由她前面引路。她发现这个女人晒黑了的、和善的脸上,的确是有一种关切的神情。

"你的船提早了,我差点没有赶过来。"唐生夫人说道,"如果没有接上你,那我可饶不了自己。"

"你是特意来接我的?"凯蒂惊呼道。

"当然是的。"

"但是你怎么知道我要来?"

"韦丁顿先生给我拍了一封电报。"

凯蒂转过身去,她的喉咙里像有什么东西堵住了。一点意外的善意就如此打动了她,这可真有趣。她还不想哭,她盼着多萝西·唐生走到一边去。可是她却又拉起了凯蒂另一边的手,握住了。这个颇有城府的女人也会如此流露感情,实在令凯蒂困窘不已。

"我希望你能答应我一个要求。查尔斯和我都希望你在香港的时候能来和我们住在一起。"

凯蒂抽回了手。

"你们太好了。但是我很可能不能去。"

"可是你必须来。你不能单独一个人住在自己家里,那对你来说太可怕了。我已经都打理妥当了,你会有自己的起居室。如果你不介意的话,可以和我们共进晚餐。我们两个都盼着你来。"

"我没有打算回家里去,我想先到香港酒店里住下。我绝不能那么麻烦你们。"

唐生夫人的建议使她大为吃惊,她被搞糊涂了。如果查尔斯还有点自尊心的话,他怎么会允许他的妻子做此邀请呢?她绝不想欠了他们谁的情。

"呃,让你住在酒店里,那我想都不敢想。香港酒店一定会让你讨厌的,那里的人三教九流都有,乐队没日没夜地演奏爵士乐。快说你愿意来吧。我保证我和查尔斯都不会打搅你。"

"我不明白你为何一定要对我这么好。"凯蒂似乎找不出推辞的借口了,但是又不能断然回绝,"恐怕跟不熟的人在一起,我不会是一个好伴侣。"

"难道我们和你不熟吗?呃,我绝不希望是这样,我希望你能允许我做你的朋友。"多萝西两手相握于胸前,那平稳、沉着、高贵的声调颤抖了,眼泪也流了下来,"我热烈期盼着你能来。你知道,我要弥补我对你犯下的过错。"

凯蒂没有听懂她的话,查尔斯的妻子会亏欠她什么呢?

"恐怕在开始的时候我不是很喜欢你。我以为你是缺乏教养的人,而你知道,是我太传统太保守了。我想我是招人厌烦的。"

凯蒂飞快地看了她一眼。多萝西起初认为她粗鄙而缺乏教养,那是什么意思?但是很快,虽然凯蒂的脸上没有什么变化,却在心里笑了起来:她现在还会在乎谁对她怎么想吗?

"当我听说你毫不犹豫地和你丈夫去了那个危险的地方,我简直觉得自己就是一个下流胚。我羞愧极了。你是如此的伟大,如此的勇敢,你使我们所有人都成了小人、胆小鬼。"现在她那张亲切、端庄的脸上已经是泪如泉涌了,"我说不出来我有多么地钦佩你,多么地尊敬你。我知道,对于你痛失亲人我无能为力,但是我希望你能明白,我对你是真心诚意的。如果你能允许我为你做哪怕一点点小事,那就是赦免了我的罪过。不要因为我曾经错看了你就怨恨我,你是一个杰出的女人,而我是那么的愚蠢。"

凯蒂看向了甲板。她的脸色十分苍白,她希望多萝西没有那么一发而不可收地倾泻她的感情。她被打动了,这是的的确确的。但是她不免为自己轻信了这些话而烦躁起来。

"如果你真的这么愿意接纳我,那我就恭敬不如从命了。"她叹了一声。

72

唐生一家的住所是坐落于山顶的一座濒海公寓。通常查尔斯不回家吃午饭,但因为今天是凯蒂回来的日子,多萝西说(她们现在已经亲近到直呼对方之名的程度了),若她有意想见见他,那么他很乐意赶过来向她致以问候。凯蒂思忖着既然早晚都要见到他,不如干脆现在就见。她还期待着看他的好戏呢,瞧瞧见了她以后他该是怎样的窘迫不安。她可以断定邀请凯蒂的主意是他妻子想出来的,而他虽然有难言之隐,但是也立马爽快地答应了。凯蒂知道他凡事力求做到恰当得体,而对她的热情款待无疑应属此列。不过要让他现在回忆起他们最后一次见面的情景,肯定还会一阵阵地脸红耳热。对于一个像唐生这样虚荣的男人来说,那一幕就像一个永远也无法愈合的伤口。她希望她给他的伤害像她受到的伤害那样深。他现在一定恨她至极。她不恨他,而只是鄙视他,这让她颇感高兴。一想到唐生将不得不违心地对她大献殷勤,她就有种志得意满之感。在她离开他办公室的那个下午,他说不定发誓再也不想看她一眼了呢。

凯蒂和多萝西一同坐下,静候着查尔斯的到来。这间华而不奢的客厅让她感到心情愉快。她坐在一把沙发椅里,四处都摆放着鲜花,墙上挂着美观的油画。窗户用帘子遮起来了,房间里显得十分清凉,弥漫着一种温馨、宁静的气氛。她想起了传教士的那座平房,里面的客厅粗陋不堪,空无一物。她想起了那些藤条椅和厨房里的那张大餐桌以及桌上铺的棉布,想起了褪色的书架上那些廉价的小说和窗户上那条小气的红色旧帘子。她不禁微微缩了一下身体,呃,它们使人那么的不舒服。那些东西多萝西这辈子恐怕连想也没有想过。

她们听到了汽车的马达声,不一会儿查尔斯大踏步地走进了客厅。

"我迟到了吗?希望没有让你久等。我有事去见总督大人,一时脱不开身。"

他来到凯蒂跟前,捧住了她的双手。

"你能来此我感到无比地高兴。我想多萝西已经说过,我们殷切地希望你能在此长住,把这里当作你自己的家。不过我还是要亲口向你申明一遍:如果这世界上有我能为你效劳的,我将感到莫大的荣幸。"他的眼睛里含有一种迷人的恳切神情,她在想他有没有察觉她目光中的讥讽之意。"我天生弩钝,不会讲话,当然不想让自己成为口齿不灵的傻瓜,但是我想让你明白,我对你丈夫的过世表示深切的同情。他是一个非同寻常的善良之人,他在这里将受到无以言表的怀念。"

"别说了,查尔斯。"他的妻子说道,"我确信凯蒂能够理解……鸡尾酒来了。"

两个身着制服的童仆呈上了开胃小菜和鸡尾酒,这显然符合在华的洋人们惯常的奢华习俗。不过凯蒂谢绝了。

"呃,你应该来一点。"唐生摆出了他明朗、热情的姿态,"这对你有好处,我相信离开香港以后你还没尝过鸡尾酒这样的东西。除非我说湄潭府那地方水不结冰这话也是错的。"

"你没错。"凯蒂说道。

她的脑海里忽然浮现出那个乞丐的形象,他蓬头垢面,骨瘦如柴,身上的蓝布衣衫破败不堪,倒在墙边上已经死去多时了。

73

要进午餐了,他们走进了餐厅。查尔斯坐在了桌首的位子,挥洒自如地掌控起了闲聊的进程。安慰话既然已经说过,他便聊起了别的。话锋间似乎凯蒂并非人生变故中苟活下来的未亡人,倒像是阑尾炎手术后到上海休憩几日的大病初愈者,如今恰好归来。她显然需要振奋一下精神,对此他早有准备。首先要让她把这里当成她的家,那就得真把她像亲人那样看待。这一点他自然是驾轻就熟的。他把话题引向了秋季的赛马会和马球——老天，要是他不想办法把体重降下来几磅，恐怕就要跟马球场说再见了。他随意讲了讲今天上午跟总督大人的会谈情况，然后说起了他们在海军司令的旗舰上参加晚会的盛况，接着聊了聊广东现在的局势和庐山的高尔夫球场。不出几分钟凯蒂就觉得好像她只是周末出了趟门儿。而在六百英里外（不就相当于从伦敦到爱丁堡吗？）的广袤的乡村，男人女人孩子们跟苍蝇似的成堆死掉，想来还真是不可思议。又过了一会儿，她发现自己已经开始打探打探那了，是谁在打马球的时候摔断了锁骨啊，这位先生是不是回了英国，那位先生是不是还在参加网球锦标赛啊。查尔斯偶尔奉献出他的小笑话，而她颇为赏识地报以微笑。多萝西以高贵优越的姿态（如今这一姿态不会再引起凯蒂多大的反感，因为她也是自己人，也是高贵的一分子了）对殖民地上的各色人等投以讥讽之意。凯蒂开始觉得她的活力又回来了。

"看吧，她看起来已经好多了。"查尔斯对他的妻子说，"午饭之前我还吃惊地看到她是那么的苍白，现在她的脸上红润多了。"

凯蒂即使不是兴高采烈也是精神愉快地加入到了谈话之中（因为以多萝西和查尔斯任何一人在礼节上的造诣，自然都会对此举表示赞赏），但她还是留心观察着她的这位主人。过去的几个礼拜里，她一直心怀怨毒地琢磨着他的形象，把想象出来的模样牢牢地记在了心里。他浓密的卷发一定比以前长了，梳理得是油光可鉴。为了掩盖头发逐渐灰白的事实，上面抹了过多的发精。脸上紫红色的血管清晰可见，使整个脸看上去红通通的。下颌必定越来越大了，如果不是他特意扬起头来加以掩饰，便会暴露出他其实是双下巴。那对浓密的灰色眉毛几乎让人联想起猿猴，使凯蒂隐隐地感到厌恶。他的动作迟缓沉重,而他为保持体重所做的努力——节食和锻炼,显然毫无成效。他还是胖了,骨头上堆积的肉十分累赘,关节也像典型的中年人一样僵直不灵。他时髦的漂亮礼服对他来说已经略嫌小了,对他这般年纪的人也太年轻了。

然而他进到客厅里来时却叫她吃了一惊(这或许是她的脸色显得苍白的原因),看来她的想象力跟她开了个诡异的玩笑。他跟她想象中的没有一点相似之处,这几乎叫她嘲笑起了自己。他的头发一点也没有变灰,呃,鬓角的确是有几根白发,但却十分好看。他的脸色绝没有红通通的迹象,而是呈现出古铜色。他的脖子相当强健,说双下巴那就是胡扯。他既没发福也不显老,事实上简直就是身材健美——你总不能因为他对此有几分得意就来责备他吧——俨然是一个年轻小伙儿。当然了,他穿衣服的艺术也相当高超,整个人看起来整洁干净美观——如果否认这一点就太荒谬了。她以前是中了什么魔,会对他这里指摘,那里挑眼?他是个相当英俊的男人。幸亏她知道他不值一物。她的确一直承认他的声音非常有磁性,现在也依然如此,但这只会让她对他的那些谎话更感到厌恶。醇厚温和的嗓音在她的耳朵里是那么的虚假,她奇怪刚才怎么还听得有滋有味。他的眼睛十分漂亮,这是他的魅力所在。蓝色的眼珠神采奕奕,即便是在他虚情假意、信口开河之时,他的眼神看起来也令人非常愉快。谁要想不被这双眼睛打动恐怕是很难的。

最后,咖啡端了进来。查尔斯点燃了他的方头雪茄。他看了看表,然后从餐桌上站起身来。

"呃,我将不得不离开两位年轻的女士了。我想该是我回办公室的时候了。"他停顿了一下,然后那双友善而迷人的眼睛朝凯蒂望了过去,"未来的一两天内我将不会打搅你,让你休息够了。然后我会和你商议一些事务。"

"和我?"

"我们必须把你的房子处理一下,你知道,还有那些家具。"

"呃,我可以去找律师。我没有理由在此事上劳烦你们。"

"不要认为我会让你把钱浪费在这些法律程序上。相关的事宜我会一一处理。你知道你将有权得到一份抚恤金,我正要和总督大人商谈此事,看看能否经过适宜的争辩,为你谋得更多的利益。你完全可以放心地把这些事全部交给我。千万不要再为这个操心,我们现在需要你做的就是尽快恢复过来。对不对,多萝西?"

"当然。"

他向凯蒂轻轻地点了一下头,然后起步走到他妻子的椅子旁边,牵起她的手吻了一下。英国男人吻起一位女士的手来,免不了都是一副蠢相,可他看起来却是那么自然优雅。

74

凯蒂在唐生家彻底安顿下来以后,才忽而感到了身体的疲惫。从前的生活让她的神经绷得像根弦,而今到了舒适的环境,又领受了不曾有过的礼遇,所以人一下子松弛了下来。她不承想自由自在不受羁绊是如此令人愉快,簇拥在美观养眼的饰物摆设之间是如此使人慵懒欲睡,而成为众人瞩目的焦点会让她这么心满意足。她舒舒服服地长吁一声,在这东方的奢华秀丽之中尽情地沉醉下去。如今她以素淡、审慎的形象出现在舆论的视线当中,成了大家同情的目标,这种感觉想来倒也不坏。因为刚刚遭受亡夫之痛不久,所以大家没有大张旗鼓地给她安排晚会,只是殖民地上的淑女贵妇们(总督阁下的夫人,以及海军司令和首席法官的妻子)顺次来看望过她,陪她喝了一会儿茶。总督阁下的夫人说总督阁下热切地希望与她见面,如果她愿意到总督府吃一顿安静的午餐("当然不是宴会,只有我们和一些副官!"),那将会非常适宜。淑女贵妇们都把凯蒂当成了价值连城而又极易破碎的花瓶。在她们的眼里,凯蒂俨然一位女中豪杰,而她也有足够的幽默感来演好她这个谦逊、端庄的角色。她有时希望韦丁顿也能在这儿,他那双毒辣精明的小眼睛一眼就能看透这其中的滑稽之处,等只有他们两人的时候,说不定会乐成什么样儿呢。多萝西收到了一封他发来的信,信上说她在修道院如何如何鞠躬尽瘁,说她面对瘟疫如何镇定自若,面对变故如何泰然处之。他可真能把她们戏耍得团团转,这条狡猾的老狗。

75

凯蒂从来没有和查尔斯单独待在一起过,不知是碰巧这样还是他故意如此。他的待人之道确实老练圆滑,对待凯蒂从来是一以贯之地亲切、体恤、热情、和蔼。谁也不会猜到他们的关系其实不只是熟识。不过有一天下午她正躺在沙发上看书,他从走廊过来,停住了。

"你读的是什么?"他问道。

"书。"

她面带讥讽地看着他。他微笑了起来。

"多萝西去了总督府参加游园会。"

"我知道。你为什么没一起去?"

"我觉得不太想去,我想回来陪陪你。车子就在外面,不想在岛上到处兜兜风吗?"

"不,谢谢。"

他坐在她躺着的沙发的角儿上。

"你到这儿以后我们还没机会单独说过话呢。"

她冷淡的目光傲慢地直视着他的眼睛。

"你认为我们之间有话可说吗？"

"多的是。"

她挪了一下脚，避免碰着他的身体。

"你还在生我的气？"他微笑着问道，眼神十分柔和。

"一点也不。"她笑道。

"我认为你要是真不生我的气就不会笑了。"

"你错了。我是太看不起你，根本犯不着生气。"

他依然不慌不忙。

"我想你对我过于苛刻了。好好地想想过去，诚心实意地说，我做的不对吗？"

"那要从你的立场看。"

"现在你也了解了多萝西，你得承认她是个不错的人，对不对？"

"当然。她对我的好意我十分感激。"

"她是万里挑一。如果我们分开了，我将不会得到片刻的安宁。离婚将是对她犯下的丑陋的罪行。另外我也不得不为我的孩子们着想。这很可能给他们造成心理缺陷。"

她凝神盯住他看了足足有一分钟。她觉得她已经完全掌控了局势。

"来此之后的一个礼拜，我一直仔细地观察你。现在我已经得出结论，显然你是真心喜欢多萝西。以前我以为你根本不是。"

"我告诉过你我喜欢她。我绝不想做出让她难过的事来。对于男人来说，她是最好不过的妻子。"

"你不认为你曾经对她有失忠诚吗？"

"只要她不知道，眼不见，心不烦。"他微笑着回答道。

她耸起了肩膀。

"你可真卑劣。"

"我也是人,我不明白为什么仅仅因为我深深地爱上了你就招致你的厌恶。这绝不是我所希望的,你知道。"

听到他这番话,她的心弦微微震颤了一下。

"我不过是你捕获的猎物罢了。"她恨恨地说道。

"事实上我从未想过我们会走到这步境地。"

"无论何时,你都有个精明的念头,不管是谁遭了罪,那个人绝不能是你。"

"我想你言过其实了。不管怎样,如今一切都过去了,你必须看到我是在为我们两个努力。你还不清醒,你应该高兴我还保持着清醒。如果我当初按照你希望的做了,你认为你就会满意了吗?我们曾经是热锅上的蚂蚁,但是我们也很可能差点就掉进火盆里,落得更惨的下场。事实上你毫发无伤,为什么我们不能吻一下对方,再成为朋友呢?"

她差点哈哈大笑起来。

"你就差让我忘掉你曾经毫不留情地把我往坟墓里推了。"

"呃,简直是胡说!我告诉过你,只要做到必要的预防就会安然无恙。你觉得我对这个要是不确信的话,会放心让你去吗?"

"你确信是因为你想信。你和懦夫没什么两样,怎么对你有利你怎么想。"

"可是事实胜于雄辩。你回来了,如果你不介意我说些不中听的话,你回来时还比以往更漂亮了。"

"那瓦尔特呢?"

他微笑起来,忍不住说出了灵感突发得来的一句妙语:

"黑色的衣服真的再适合你不过了。"

她盯着他看了一会儿。泪水涌进了她的眼里,她开始哭起来,美丽的脸庞因为悲痛而扭曲了。她没有要遮掩的意思,两手摊在身边,身体靠到了沙发背上。

"看在上帝的分上,别哭啊。我的话并无恶意,那只是一个玩笑。你知道我对你的丧夫之痛深表同情。"

"呃,把你那张愚蠢的臭嘴闭起来!"

"我会不惜一切地希望瓦尔特回来。"

"他是因为你和我才死的。"

他拉住了她的手,但她挣脱了出来。

"请离我远点儿。"她抽泣道,"这是你现在唯一能为我做的。我恨你,鄙视你。瓦尔特比你强十倍。我真是个大傻瓜,那么晚才发现这一点。离开这儿,离开这儿。"

她看到他还要继续说下去,便从沙发上跳起来,回自己的房间。他跟着她。出于本能的谨慎,她一进屋就把百叶窗拉上了。屋子里顿时一片黑暗。

"我不能就这样走了。"他说道,并用胳膊搂住了她,"你知道我不是有意伤害你。"

"别碰我。看在上帝的分上,走吧,离开这儿。"

她想从他的怀里挣脱,但是他的胳膊牢牢地扣着她。她狂乱地哭叫起来。

"亲爱的,你不知道我一直是爱你的吗?"他用深沉而迷人的声调说道,"我比从前更爱你。"

"鬼才会相信你的谎话!放开我!该死的,放开我!"

"不要如此恶意地对我,凯蒂。我知道我曾经粗鲁地对待过你,但是请原谅我。"

她全身颤抖,不停地抽泣,挣扎着想把他推开。但是他强有力的胳膊却渐渐给了她一种莫名的抚慰的感觉。她曾经渴望那双胳膊能再拥抱她一次,只一次,她就会浑身震颤不已。她太虚弱了,她觉得她的骨头已经快要融化了,刚才对瓦尔特的悲痛也变成了对自己的怜悯。

"呃,你怎么能那样对我?"她抽泣着说,"你不知道我全心全意地爱你吗?没有人比我更爱你。"

"亲爱的。"

他试图亲吻她。

"不,不。"她哭叫道。

他把脸凑向她的脸,她扭到了一边。他又来亲她的嘴唇。她听不清他在说着什么甜言蜜语。他的胳膊紧紧地搂着她,她感觉自己是一个迷路的小孩,现在终于安全地回到了家。她轻声地呻吟着,闭上了眼睛,满脸都是泪痕。他终于找到了她的嘴唇,他的双唇贴上来的时候,她觉得一股力量穿越了她的身体,如同上帝的光芒一般辉煌热烈。那是一种幻觉,她似乎变成了一支燃烧殆尽的火炬,周身光辉四映,好像飞升幻化了一般。在她的梦里,在她的梦里她曾经体会过这样的感受。现在他要拿她怎么办?她不知道。她已经不是女人,她的精神融化了,身体里只留下了膨胀的欲望。他把她抱起来,在他的手臂上她是那么地轻。他抱着她朝床边走去,而她绝望而温顺地依偎在他的胸前。她的头陷到了枕头里,他的嘴唇贴了过来。

76

她坐在床沿上,双手捂住脸。

"想喝点儿水吗?"

她摇了摇头。他走到盥洗台前,用牙杯接了一杯水,端到她的面前。

"来吧,喝点水,你会觉得好一点。"

他把水杯递到她的嘴边,她呷了一口,然后用惊惧的眼神盯住了他。他站在她的跟前,俯视着她,眼珠里闪烁着得意扬扬的光亮。

"喔,你还认为我是你说的那条肮脏的老狗吗?"他问道。

她垂下了目光。

"是。但是我知道我比你强不了多少。呃,我太令人羞耻了。"

"喔,看来你还真是不领情。"

"现在你可以走了吗?"

"说实话,我看差不多是时候了。我得赶在多萝西回来之前梳理整齐。"

他迈着扬扬自得的步子踱出了房间。

她在床沿上呆呆地坐了一会儿，背脊像痴呆了一样佝偻着，脑子里一片空白。一阵战栗袭过她的身体。她踉踉跄跄地站起来，走到梳妆台前，瘫倒在一张椅子里。她看着镜中的自己，她的眼睛哭肿了，脸上泪痕斑斑，一边的脸颊上有一块红，是他的脸蹭过来时留下的。她惊恐不已地望着自己。还是那张脸，没有一点变化，她本来期待那将会是一张低贱的脸。

"猪，"她对着镜子里的自己大声咒骂，"真是猪。"

接着她又把脸埋在臂弯里，悲苦地落起泪来。羞耻，她是多么羞耻啊！她不知道她怎么会鬼迷心窍。那简直太可怕了。她恨他，同样也恨自己。那只是一种幻觉啊。呃，她是多么可恨！她再也没脸面对他的眼睛了，他是对的，他的确不应该娶她，因为她一文不值。她比妓女好不了多少。不，甚至比妓女还坏，那些悲惨的女人毕竟是以此来讨生计的。还有可怜的多萝西，她是如此悲伤地将她领进了这座房子。她抽泣着，身体随之一起一伏。一切都完了。她以为她已经彻底变了，变得坚强了，她以为回到香港的将是一个冷静自制的女人。崭新的思想会像阳光下黄色的蝴蝶一样在她的心头缤纷起舞，她的未来会是那么美好。自由像光的精灵向她招手，世界像广阔的平原，任她高昂着头颅轻盈地漫步。她以为她已经不再受低贱的欲望诱惑，而是会在洁净、单纯的精神生活当中自由自在地徜徉。她曾把自己比作黄昏时分慵懒地飞过稻田的白鹭，这些白鹭就像一个休憩的灵魂展翅翱翔的翩翩思绪，而她宁愿做这自由的奴隶。太虚幻了，太虚幻了。那是遥不可及的，根本无须去尝试。她根本就是个荡妇。

她不想去吃晚饭。她叫童仆告诉多萝西她患了头疼病，不想出屋了。多萝西过来看她，发现她的眼睛又红又肿，便温柔而悲戚地和她聊了一些琐事。凯蒂知道多萝西一定以为她是因为瓦尔特才又哭了,所以像一位好主妇那样对这一人之常情示以同情和尊重。

"我知道这是艰难的,亲爱的。"她离开凯蒂时说,"但是你必须叫自己鼓起勇气来。我想你亲爱的丈夫一定不希望你为他悲伤。"

77

第二天一早她就起了床,给多萝西留了一张字条,说她出去办点公事,便乘缆车下了山去。她走在拥挤不堪的街道上,街上车水马龙,汽车、黄包车、轿子,穿得花花绿绿的欧洲人和中国人,熙熙攘攘来往不停。她来到了铁行公司的办事处。两天后有一艘船启航,这是最早出港的船了,她打定主意无论如何都要登上那条船。当办事员告诉她所有的舱位都已经订满了之后,她请求和主管见面。她说出了自己的姓名,不一会儿那位曾与她谋过面的主管迎了出来,将她接进了办公室。他显然知道她身处的境遇,当她申明她的请求时,他便叫人拿来了乘客名录。但这份名单让他皱住了眉头。

"我恳求你帮帮我。"她急切地说。

"我想这块殖民地上的每个人都会乐意满足您的任何请求,费恩夫人。"他回答道。

他叫来了一名办事员,询问了几句,然后点了点头。

"我将会调换一两个人。我知道您打算回家,我想我们应该竭尽全力满足您的要求。我为您单独安排了一个小客舱,那应该是您所期望的。"

她谢过了他,便带着满意的心情离开了。真巴不得飞回去,这是她此时唯一的想法。真巴不得飞回去!她给父亲发了一封电报,通知他们她的归期,此前她已经把瓦尔特去世的消息用电报告诉了他们。她回到了唐生家的寓所,把刚才的事跟多萝西说了。

"你的离去将使我们非常遗憾。"这位好心肠的女人说道,"不过我理解你想和父母待在一起的心情。"

回到香港以来,凯蒂迟迟不敢到她的房子去。她害怕再走进那扇门,害怕那些熟悉的场景会让她回忆起过去。但是如今她别无选择了。唐生已经给她的家具找到了买主,同时为这所房子找到了一位热心的续租人。但是房子里还留有她和瓦尔特的衣服,去湄潭府的时候他们只带走了一两件,另外还有很多书、照片,和五花八门的小玩意儿。凯蒂巴不得离这些东西远远的,她可不想再跟过去那段日子有任何的瓜葛。不过若是将它们全堆到拍卖会上去,恐怕会激起感时伤怀的殖民地上流社会的愤慨之情,说不定他们会把这些东西都收集起来,运到她家里去。所以午饭刚过,她便打算去一趟她的住所。热心帮忙的多萝西提出跟她一块儿去,但是在凯蒂的再三推辞下,最终同意让多萝西的两个童仆跟去,帮着打点一下东西。

房子一直交给管家照料，凯蒂到来时是他开了门。走进屋子里，凯蒂觉得自己好像是个初次造访的陌生人。屋子里收拾得干净整洁，所有的物件都放在原来的位置，等着她回来后方便取用。天气非常暖和，阳光也很足，可在这些寂静的房间里却飘荡着冰冷、凄凉的气氛。家具还像以前一样呆板地摆放在原处，用来插花的花瓶也似乎没有移动过位置。那本凯蒂不知道什么时候扣在桌上的书也还像原来一样静静地扣着。凯蒂觉得他们好像只离开了一分钟，可是这一分钟却像永恒一样漫长，使人想不到何时房子里才会再次充满欢声笑语。钢琴上摊开的狐步舞曲的乐谱似乎等待着人去演奏，可你却有种感觉，当你按下琴键的时候不会有任何声音传出来。瓦尔特的房间还像他在时那么整洁。柜子上摆着两幅凯蒂的放大照片，一幅是她穿着舞会礼服照的，另一幅是她的婚礼照。

男孩们从储藏室里搬出了行李箱，凯蒂站在一边，看着他们分拣物件。他们动作十分麻利，凯蒂估计走之前的这两天肯定能把所有东西都打理妥当。这段时间她绝不能让自己胡思乱想，她是肯定没那个闲工夫的。忽然，凯蒂听到身后传来了一阵脚步声，回头一看，是查尔斯·唐生。她的心里痉挛了一下。

"你来干什么？"她问道。

"能去你的起居室吗？我有些话要跟你谈。"

"我很忙。"

"我只占用你五分钟。"

她没再说话，只叫仆人接着做他们的事，然后领着查尔斯来到了隔壁的房间。她没有找地方坐下，好让他明白有话赶紧说完就走。她知道她的脸色苍白，心跳得很厉害，但还是用冷淡、敌意的眼神直视着他。

"你有什么事?"

"我刚听多萝西说你后天就要走。她告诉我你来这里打理东西,让我打个电话问问有没有需要我帮忙的。"

"非常感谢,我一个人还应付得来。"

"我猜也是。我来不是要问你这个。我想问你突然要走是不是因为昨天的事。"

"你和多萝西对我很好,我不希望让你们觉得我在利用你们的好心肠,老是赖着不走。"

"你还没有回答我的问题。"

"你会在乎那个吗?"

"我在乎得不得了。我不希望是我做出什么事把你逼走了。"

她垂下了目光。她的身旁是一张桌子,她看到桌上放着一份《简报》。它已经是几个月以前的了,那个可怕的夜晚,瓦尔特一直盯着它看,那时……现在瓦尔特已经……她扬起了脸。

"我觉得自己低贱透了。你绝不会比我还鄙视我自己。"

"但是我没有鄙视你。我昨天说的每一句话都是当真的。你这样一走了之又有什么好处呢?我不明白为什么我们不能成为好朋友?你总是认为我背弃了你,我很不喜欢这个观点。"

"为什么你就不能让我一个人待着?"

"真该死,我的心既不是木头也不是石头做的。你太不理智了,不能老是那样看这件事。你是在钻死胡同。经过昨天以后我以为你会把我想得好一点。毕竟我们都是人。"

"我没觉得自己是人,我觉得我像一只动物。猪、兔子,或是狗。呃,我没有怪你,我和你一样坏。我屈服于你是因为我需要你,但那不是真正的我。我不是一个可憎、放荡、像野兽一样的女人。我绝不是那样的人。我的丈夫刚刚躺到坟墓里尸骨未寒,而你的妻子对我这么好,说不出的好,而那个躺在床上对你充满了渴求的人,她绝不是我,她是藏在我身体里的野兽,邪恶的可怕的如同魔鬼的野兽。我唾弃她,憎恨她,鄙视她。从此以后,每当我想起她来,我都将会恶心得必须呕吐。"

他微微皱起了眉头,不自在地笑了一下。

"嗯,我算是个相当宽宏大量的人了,可是有时你真的使我震惊。"

"对此我感到非常抱歉。现在你最好走了。你是个一文不值的男人,我再跟你一本正经地谈下去就是大傻瓜了。"

他沉默了一会儿,她看到他的眼里掠过一丝阴影,知道他被激怒了。等他风度翩翩地将她送离码头时,一定会如释重负地长叹一声吧。那时他将不得不彬彬有礼地和她握手道别,恭祝她旅途愉快,而她则对他的热情好客连声道谢,想到这些她就忍俊不禁。然而他换了一副表情。

"多萝西告诉我说你怀孕了。"他说道。

她感觉到自己的脸色骤然变了,但幸好她保持住了身体的姿势。

"是。"

"我有可能会是孩子的父亲吗?"

"不,不。孩子是瓦尔特的。"

她忙不迭地极力否认,但是话出口后,连她自己也觉得是欲盖弥彰。

"你肯定吗?"他幸灾乐祸地笑起来,"想想看,你和瓦尔特结婚两年,可是什么事也没有发生。算起日子来,跟我们见面的那天倒是差不多。我认为这孩子更像是我的,而不是瓦尔特的。"

"我宁愿杀了我自己也不想怀上你的孩子。"

"喔,干吗要说这样的傻话。我将为这个孩子感到无比地高兴和骄傲。我希望是个女孩,你知道。我跟多萝西生的都是男孩。到底是谁的孩子不久就会水落石出的,你知道,我的三个宝贝长得都跟我像一个模子里刻出来的。"

他幽默诙谐的风度又回来了。她明白他话里的意思:如果这个孩子是他的,即便她这辈子再也见不着他,也不能彻底摆脱他。他的魔爪会追随着她,他的影子——尽管模糊不清,但却千真万确是他的影子——每时每刻都会在她身边挥之不去。

"你的确是天底下最虚荣最愚蠢的笨蛋。我一定是造了什么孽,老天才让我遇见你。"她说。

78

汽船烟雾袅袅地驶进了马赛港。凯蒂目不转睛地眺望着岸边,曲曲折折的海岸线在阳光下时而闪烁出微微的光芒,显得异常美丽。这时,圣母玛利亚的金色雕像赫然闯进了凯蒂的视野。那是一座高高地矗立在圣母玛利亚教堂顶上的雕像,对于出海的人来说象征着旅途一帆风顺。她记起湄潭府修道院里的嬷嬷们也说起过这座雕像。那群嬷嬷在和故乡永别时也看见了它,不过因为距离远,高大的雕像看起来就像蓝天里一抹金色的火苗。那时她们全体跪在甲板上,向圣母玛利亚默念祈祷词,藉以抚慰离别的痛苦。凯蒂也把两手握在胸前,向着冥冥中的神灵祈愿。

漫长而又平静的旅途中,她不止一遍地回忆着发生在她身上的那件可怕之事。她无法理解自己,她的所作所为完全出乎她的意料。到底是什么慑住了她,使她即便彻头彻尾地鄙视查尔斯却还是投入了他龌龊的怀抱?怒火在她的胸口燃烧,厌恶感撕扯着她的心。她觉得这辈子也不会忘了这次羞耻。她不住地落泪。然而随着船离香港越来越远,她发觉心中的怨恨之情渐渐地迟钝了下来。那件事好像是发生在另一个世界,她好比是个猛然发了疯病的人,清醒之后为她依稀记得的疯病发作时的所作所为感到哀伤和羞愧。但既然那不是真正的自己,所以还是有机会请求人们原谅的。凯蒂相信一个宽宏大量的人应该会怜悯她而不是责备她。然而想到她的自信心因此悲哀地化为乌有,她又不禁唉声叹气。她的面前曾经展开了一条笔直的康庄大道,而现在她明白那仅仅是条曲折崎岖、陷阱遍布的小路。印度洋上广阔的洋面和凄美的日落使她的心松弛了下来。她似乎来到了另一个国度,在这里她可以自由地控制自己的灵魂。如果非要经过斗争才能找回她的自尊,那好,她就提起勇气来面对吧。

未来的日子将是孤独而艰难的。船到塞得港时她收到了母亲给她电报的回信。信很长,是用大号的花体字精心誊写而成,这一书法才能是每位母亲年轻时务必传授给女儿的。不过信中言辞之华丽,措辞之讲究,使人不免对写信人的真心诚意产生疑虑。贾斯汀夫人对瓦尔特的去世表达了深痛的哀悼，对女儿的哀伤之情深表同情。她忧心凯蒂的衣食日用从此没了着落，不过殖民地当局不会忘了给她派送抚恤金的。她异常高兴地得知凯蒂即将回到英格兰与父母团聚，并要求她理应在他们的寓所住下，一直待到孩子出生。之后是对凯蒂孕期所须注意的谆谆教诲，以及对她妹妹多丽丝的分娩经过不厌其烦的描述。多丽丝的儿子生下来又胖又重，他的祖父断言这是他见过的最为出色的宝贝儿。多丽丝如今又怀孕了，全家人希望再添一个男孩，好让准男爵的爵位万无一失地传承下去。

凯蒂看出信的主旨是向她发出那个早晚也得发出的邀请。贾斯汀夫人绝不会真心实意地叫一个寡妇女儿来拖累自己。她曾经对凯蒂倾注了无数的心血，而今既然已对她大失所望，这个女儿就只是个累赘了。父母与孩子之间的关系是多么奇怪！孩子年幼时是父母掌心里的宝贝，任何小病小恙都会让他们忧心如焚。这时孩子们对父母也是崇敬热爱，依赖有加。几年之后，孩子们长大了，跟他们毫无血脉关系的人取代了父母，成了带给他们幸福的人。冷漠代替了过去盲目而本能的爱，连彼此见面也成了烦躁与恼怒的来源。一度曾经十天半月不见便会朝思暮想，如今即便是成年累月不见他们也乐得享受清闲。她的母亲不必忧心地算计，凯蒂会尽快找个住处安顿下来。不过怎么也得耽搁点时间，现在什么事还都没个头绪。有可能她生产的时候就会难产死掉了，那倒是个快刀斩乱麻的办法。

船再次靠岸之后她又收到了两封信。她惊奇地发现那是她父亲的笔迹，她记得父亲还从未给她写过信。他的口吻倒不是亲切异常，只以"亲爱的凯蒂"开头。他说他现在是为她的妈妈代笔，因为后者身体不适，已经被强行送进医院接受手术。凯蒂并没有感到吃惊，依然按照原来的打算继续从海路上走。一来从陆路走虽然快但是价钱太贵，二来如果她回到了家而母亲还没有被送回来，她打理起哈林顿花园的事儿就会有诸多不便。另一封信是多丽丝发来的，开头便是：凯蒂宝贝。倒不是她对凯蒂的情意有多深厚，而是对哪个认识的人她都是这么称呼的。

凯蒂宝贝：
  我想父亲已经写信给你。妈妈必须接受一次手术，好像她从去年就已经不舒服了，不过你知道她这个人讳疾忌医。官药偏方她都自己试，可我不知道她到底得的是什么病，她也始终闭口不提，要是追问起来，她还会一跳而起。她的情况看起来糟极了，如果我是你，就会立即从马赛动身，尽早地赶回来。但请不要把我说的情况向她透露，她还假装自己没有大碍，不想让你回来却见她不在。她已经逼医生发誓说一个礼拜后就把她送回去。

你的至爱
多丽丝

  我对瓦尔特的死深表遗憾。你一定过了一段灾难一样的日子，可怜的宝贝。我热切地想见到你。我们俩都有小孩了，这非常有趣。让我们手握着手在一起吧。

  凯蒂站在甲板上，陷入了沉思。她还无法想象她妈妈真的病了，印象中她总是活跃而坚定，别人要是闹个小病小灾，她还会一百个不耐烦。这时一个船员走到了她的跟前，递给她一封电报。

沉痛告知你的母亲已于今晨去世。父亲。

79

凯蒂按响了哈林顿花园公寓的门铃,她被告知她的父亲其时正栖身于书房里,便来到书房,轻轻地推开了门。他坐在壁炉边,正在读上一期的晚报。凯蒂进来时他抬起了头,见是凯蒂,马上便把报纸搁下,吃惊地跳了起来。

"呃,凯蒂,我以为你会搭下一班的火车。"

"我觉得还是不要劳烦您去接我,所以就没给你们发电报。"

他探出脸来让她亲吻的样子和她记忆中的没什么两样。

"我看了两眼报纸,"他说道,"前两天的报纸还没来得及读。"

看得出来,他是觉得要是在这种时候还把心思埋在日常琐事上,总得对人有个说法。

"当然,"她说道,"您一定很累。我想象得出来妈妈的死对您的打击有多大。"

他比上次她看见他时老多了,也瘦了,俨然一个瘦削、干枯、姿态正统严谨的小男人。

"医生说希望从一开始就不大。她不舒服有一年多了,但是她拒绝去看医生。医生对我说,她时常受到疼痛的困扰,他说她能忍下来几乎是个奇迹。"

"她从来也没发过牢骚吗?"

"她说过她不是很舒服,但是从来不说是疼痛。"他停了一会儿,看着凯蒂,"这么远的路你一定很累。"

"不是太累。"

"你想上去看她一眼吗?"

"她在这儿?"

"对,他们把她从医院搬过来了。"

"好,我现在就去。"

"你希望我陪你去吗?"

父亲的声调里有某种异样的东西,使她迅速地看了他一眼。他把脸略微地错开了,不愿意叫她瞧见他的眼睛。凯蒂早已习得了看透人心思的本事,毕竟她曾经天天都得从她丈夫的只言片语和举手投足中琢磨他脑子里藏着什么想法。她马上猜到她父亲是想掩饰什么——是一种解脱,一种发自内心的解脱,把他自己也吓了一跳。三十年来他一直充当着一位称职而忠诚的丈夫的角色,从未说过一句忤逆妻子的话,而现在,他无疑应当悲痛万分地哀悼她。他从来都是依顺人们对他的期望行事,而今他自己身上的细小举动表明,他此时的心境并非一个刚受丧妻之痛的鳏夫所应有的,他因而感到异常震惊。

"不,我还是一个人去。"凯蒂说道。

她上了楼,走进了那个宽敞、阴冷的房间,这就是她妈妈睡了多年的自命不凡的卧房。她清晰地记得那些桃花心木的大号家具，记得墙上镶嵌的模仿马库斯·斯通的浮雕。梳妆台的布局和贾斯汀夫人生前的一贯要求丝毫不差。但是到处摆放的花束似乎与周围格格不入，贾斯汀夫人一定会认为在房间里摆放花束是愚蠢做作，同时也不利于健康的。花香没有遮住那股如同新洗过的亚麻布的刺鼻霉味，凯蒂记得这种气味是她妈妈的房间里所独有的。

贾斯汀夫人静静地躺在床上，两只手温顺地交叠在胸前，要是在她活着的时候，绝不会允许自己做出这么矫揉造作的姿势。她的五官棱角分明，脸颊因为长久的病痛已经陷了下去，太阳穴陷成了一个窝儿。不过她看上去还是十分清秀，甚至有几分壮丽。死亡已经把尖酸刻薄从她的脸上抹去，只留下了富有人性的容貌。她看上去就像一位罗马皇后。这是凯蒂第一次看到一具能让人想起曾经有灵魂逗留的尸体。她没有感到悲哀，她们母女之间常常剑拔弩张，因而凯蒂的心里对母亲没有很深的感情。回忆自己的成长经历，她明白自己的一切都是母亲一手造成的。然而一个曾经叱咤风云、野心勃勃的女人，如今夙愿未竟却一声不吭地躺了下来，多少也让人感慨几分。一辈子工于算计，勾心斗角，而追求的却是那些低级、无聊的东西。凯蒂觉得她妈妈世俗的一生在某种程度上甚至使她感到惊讶。

多丽丝走了进来。

"我想你搭的是这班火车。我觉得必须过来看一眼。多么可怕啊！我们可怜的好妈妈。"

多丽丝的泪水夺眶而出，她扑到凯蒂的怀里。凯蒂亲吻了她。她知道妈妈为了给她撑门面，让多丽丝作出了不少牺牲；与凯蒂相比，她是那么平庸乏味，这一定使她对凯蒂又忌又恨。凯蒂怀疑多丽丝心里是否有她表现出来的那么悲伤，不过她倒一直都是多愁善感的。凯蒂希望自己也能挤出几滴眼泪来，不然势必会让多丽丝觉得她这个人过于铁石心肠了。但是经过了这么多的事以后，她也懒得去惺惺作态，假意慈悲了。

"你想去看看父亲吗？"当多丽丝暴风骤雨般的情绪有所减弱后，凯蒂问她。

多丽丝揩干了眼泪。凯蒂注意到她妹妹的脸在妊娠以后变胖了，穿着丧服的身子也显出几分臃肿。

"不，我不想去。去了只会再哭一回。可怜的老头儿，他勇敢地经受住了这次打击。"

凯蒂把她妹妹带出了房子，然后回到她父亲的书房。他站在壁炉旁边，那份报纸整齐地叠好了，他是想让她看到他刚才没再读报纸。

"我没为晚饭换衣服。"他说道，"我以为我一个人就没有必要了。"

80

他们吃了晚饭。贾斯汀先生把他妻子病死的经过一五一十地给凯蒂讲了一遍，他称赞了好心的朋友们写来的信（他的桌子上堆了几大沓慰问信,他在考虑如何将它们一一回复时,不禁叹息了一声),说了说葬礼的情况。然后他们又回到他的书房。这是整栋寓所里唯一有壁炉的房间。他机械地从壁炉架上拿起他的烟斗,往里面塞了些烟叶。但他马上朝女儿问询地望了一眼,又把烟斗放下了。

"您不抽烟了?"她问道。

"你母亲不喜欢在晚饭后闻到烟斗的味道,战争以后我就不再抽烟了。"

他的回答让凯蒂心里觉得一阵悲哀。一个六十岁的老头,想在自己的书房里抽一斗烟却迟疑不决,这是多么可悲啊!

"我很喜欢烟斗的味道。"她微笑着说。

他轻轻地松了一口气,把烟斗重新拿起来,点着了。他们在炉火两边面对面坐了下来。他觉得有必要和凯蒂谈谈她自己的不幸遭遇。

"我想你收到了你母亲寄到塞得港的信。可怜的瓦尔特去世的消息使我们俩都很震惊。我觉得他是一个很好的小伙子。"

凯蒂不知道该说什么好。

"你的母亲说你将会有一个宝宝。"

"是的。"

"应该会在什么时候?"

"大概四个月后。"

"那将给你很大的安慰。你一定得去看看多丽丝的儿子,那孩子长得非常可爱。"

话语之间,凯蒂觉得他们父女俩的心里隔着很长的一段距离,这段距离甚至比两个初遇的陌生人还要远。因为但凡是陌生人，总还会对对方有种好奇心，父女过去的共同生活现在反而成了横亘在两人之间的一道冷漠的墙。凯蒂深知她从未做过让父亲对她宠爱有加的事，他在这所房子里从来都是多余的人，虽然是全家的衣食来源，却因为薪俸寒酸无法提供更为奢华的生活而受到家人的蔑视。她曾经想当然地认为既然他是她的父亲，那么他就理应疼爱她。而事实上他却对她没有一点父女之情，这着实使她震惊。她只知道她们全家人都对他烦透了，没想到反过来他对她们的感觉也是一样。他仍旧像以往一样和蔼谦恭，但是在苦难中练就的敏锐的洞察力让她发觉，他从心里讨厌她，尽管他从来也不对自己承认这一点。

他的烟斗管似乎是堵住了，站起身来想找点东西戳一戳。或许这样只是为了掩饰此刻他的紧张感。

"你的母亲希望你待在这儿，直到孩子生下来。她本来想把你以前的房间整理出来。"

"我知道了。我在这儿不会打扰您的。"

"呃，不要那么说。事情到了这个地步，我想你也没有地方可去，只能到父亲这里来。不过实际上，现在正好有一个巴哈马群岛首席法官的虚位，他们聘请了我，而我答应了。"

"呃，父亲，这真令人高兴。我真心实意地祝贺您。"

"这个消息来得太晚了，没来得及让你的妈妈知道。这对她来说一定是个很大的安慰。"

真是命运弄人！贾斯汀夫人一辈子费尽心机，苦心经营——虽然屡遭失望之后目标也有所降低——却在最后得偿所愿之前撒手人寰。

"下个月初我就得搭船走。没别的办法，这所房子要交到代理商的手上。我的意见是把家具也一并卖掉。我很抱歉不能把你留在这儿,不过要是你找到住处以后,想把哪件家具拿去,我会非常乐意。"

她凝视着炉火,心跳得非常厉害。她纳闷怎么会突然就变得这么紧张起来。她强迫自己开了口,声音微微地颤抖着。

"我能和您一起去吗,父亲?"

"你?呃,我亲爱的凯蒂。"他的脸色沉了下去。她以前没少听他这么叫她,都是把它当成他的口头禅,如今她这辈子第一次看到这句口头禅是随着这样的脸色说出来的。这把她吓了一跳。"但是你所有的朋友都在这里,多丽丝也在这里。我曾想要是在伦敦住下来,你会更高兴一点。你的经济状况我不是十分清楚,但是我愿意替你来付租金。"

"我的钱足够生活。"

"我要去的是个完全陌生的地方。那里的状况我一点也不知道。"

"我已经习惯到陌生的地方去了。伦敦现在对我来说一点意义也没有,在这里我呼吸都不会顺畅。"

他闭上了眼,她怀疑他会不会哭出来。他的脸上带着凄切的表情,这使她看着一阵揪心。她想得没错,妻子去世以后他如释重负,如今和过去彻底决裂的机会摆在面前,自由来临了。他看到新的生活在他的前面铺展开来,从今往后再也不会终日无所事事,幸福也不再是可望而不可即的。她似乎看到了三十年来所有的苦难一同涌来折磨着他。终于,他睁开了眼,情不自禁地叹息了一声。

"当然,如果你希望去,我将会非常地乐意。"

可怜的人。他只稍作挣扎便向他应尽的责任屈服了。短短的只言片语，就让所有的希望付之东流。她从椅子上站起来，走到他的跟前，跪在地上，捧住了他的双手。

"不，父亲，除非您需要我去我才去。您已经牺牲得够多了。如果您想一个人去，那没关系。不要为我考虑。"

他抽出了一只手，在她漂亮的头发上轻轻地抚着。

"我当然需要你，我心爱的。我毕竟是你的父亲，而你又是个寡妇，无依无靠。如果你需要和我在一起，而我不需要你就是不仁慈的。"

"但是问题就在这里，我没有因为我是您的女儿就强求您，您并不亏欠我什么。"

"呃，我亲爱的孩子。"

"什么也不亏欠。"她激动地重复道，"当我想到我们一辈子都在靠您养活，可是却没有回报您一点东西，我感到非常愧疚。我们甚至对您一点情意都没有。您的一生是不幸福的，您能让我对过去作出一些弥补吗？"

他的眉头微微地皱了起来，显然是对她突如其来的情绪感到有些尴尬。

"我不明白你的意思。我从来也没有抱怨过你们。"

"呃，父亲，我经过了太多的事，太多的不幸。我已经不是离开这儿之前的凯蒂了。我依然非常脆弱，但是我绝不是曾经的那个卑劣无情的人。您能给我一个机会吗？现在在这个世界上我谁也没有，只有您了。让我试着使您爱我吧。呃，父亲，我是如此的孤独，如此的悲惨，我渴求您的爱。"

她把脸伏在他的腿上，悲痛欲绝地哭了起来。

"呃,我的凯蒂,我的小凯蒂。"他含含糊糊地说道。

她扬起脸来,用手臂搂住了他的脖子。

"呃,父亲,对我好吧。我们都来彼此善待。"

他像情人似的吻了她的嘴唇,脸上已经老泪横流。

"你当然应该跟我去。"

"您需要我去吗?您真的需要我吗?"

"是的。"

"我是如此地感激。"

"呃,我亲爱的,不要再跟我说这样的话了。那使我感到非常地窘迫。"

他拿出他的手帕擦干了她的眼泪,他脸上的微笑是她从未见过的。她再次把手臂挂在他的脖子上。

"我们将会开始幸福的生活,亲爱的父亲。你不会想到我们将来会有多么快乐。"

"你没忘记你会有个孩子。"

"我很高兴她将出生在一个碧海蓝天的地方。"

"你已经肯定这会是个女孩?"他低语道,脸上挂着淡淡的呆板的微笑。

"我希望是个女孩,我想把她养大,使她不会犯我曾经犯过的错误。当我回首我是个什么样的女孩时,我非常恨我自己,但是我无能为力。我要把女儿养大,让她成为一个自由的自立的人。我把她带到这个世界上来,爱她,养育她,不是为了让她将来和哪个男人睡觉,从此这辈子依附于他。"

她感觉她父亲的身体僵住了。这些话显然不是他这样的人应当谈论的,而它们从他女儿的嘴里说出来,简直令他惊愕万分。

"请让我坦白说吧,只此一次,父亲。我以前是个愚蠢、邪恶、可憎的人。我已经得到了严厉的惩罚。我绝不会让我的女儿重蹈覆辙。我希望她是个无畏、坦率的人,是个自制的人,不会依赖别人。我希望她像一个自由的人那样生活,过得比我好。"

"怎么啦,我心爱的,你的话像是五十岁的人说的。生活还在你的掌握当中,你不能灰心。"

她摇了摇头,慢慢地露出了微笑。

"我没有灰心。我还有希望和勇气。"

过去结束了。让死去的人死去吧。这样的想法无情吗?她希望她已经学会了怜悯和慈悲。她不清楚未来有什么在等待着她,但是她在心里准备好了,无论发生什么,她都会以轻松乐观的态度去接受。这时,她突然想起了什么,好像是从她的意识深处无端地冒出来的。那是在他们——她和可怜的瓦尔特去往那座叫他送了命的瘟疫之城的路上,一个早晨,天还黑着他们就坐上轿子出发了。天色渐亮后,她看到了——抑或是在幻觉中出现了一幅令人屏息的美丽景象,它瞬时抚慰了她饱受磨难的心,她似乎觉得人世间的一切苦难都不算什么了。太阳升起了,驱散了雾气,一条崎岖的小路出现在眼前。它穿过稻田,越过小河,在广阔的土地上起起伏伏,一直延伸到眼睛看不到的地方。如今她明白了,假如她沿着眼前这条越来越清晰的小路前行——不是诙谐的老韦丁顿说的那条没有归宿的路,而是修道院里的嬷嬷们无怨无悔地行于其上的路——或许所有她做过的错事蠢事,所有她经受的磨难,并不全是毫无意义的——那将是一条通往安宁的路。